周邦彦词鉴赏辞典

上海辞书出版社文学鉴赏辞典编纂中心编

上海辞书出版社

《周邦彦词鉴赏辞典》领衔撰稿

万云骏　叶嘉莹　周汝昌　周振甫
袁行霈　钱仲联　蒋哲伦

撰稿人(按姓氏笔画排列)

万云骏　王双启　邓小军　艾治平　叶嘉莹
刘扬忠　刘学锴　朱易安　朱金城　陈长明
吴世昌　陈邦炎　吴调公　陈振寰　陈祥耀
林东海　周汝昌　周笃文　周振甫　周　逸
周啸天　周慧珍　赵山林　俞平伯　袁行霈
钱仲联　黄尽穗　黄清士　黄墨谷　蒋哲伦
谢桃坊　蔡凌华

责任编辑　刘小明

【前言】

【前言】

周邦彦(1056—1121)　宋词人。字美成,号清真居士。钱塘(今浙江杭州)人。年轻时恃才傲物,疏俊放达,不为世俗所重。他读书多,涉猎尤其广泛。元丰六年(1083)献《汴都赋》七千余言,多古文奇字,宋神宗很惊异,命侍臣朗诵给他听,大约有点像天宝年间,玄宗初见李太白的感觉。这给周邦彦的生活带来转机,据史书记载,于是召赴政事堂,命为太学正。哲宗元祐初,当了庐州教授。元祐八年(1093)又出知溧水县。元符元年(1098)哲宗召对崇政殿,重进《汴都赋》,除秘书省正字。一篇赋让他升了两次官。在徽宗朝,做过校书郎、考功员外郎、卫尉宗正少卿兼议礼局检讨等不大不小的官。从此官运算是很顺,以直龙阁知河中府,而后徽宗还留他在身边完成礼书,然后又知隆德府。政和四年(1114)徽宗颁《大晟乐》,六年入拜秘书监,进徽猷阁待制(这算皇帝身边的智囊了),提举大晟府(管理音乐机构的官员),这应该是很适合他的工作,未必有当知府那么风光,但音乐是他的最爱。不过后来他还是做了几任知府,出知真定府,改顺昌府,徙知处州等等,最后是提举南京鸿庆宫。鸿庆宫是宋太祖赵匡胤在南京(今河南商丘)所建的赵宋宗庙。这是为皇上看祖庙去了。

周邦彦诗、赋、词俱有成就,而尤以词成就最高,影响最大。宋人张端义云:“邦彦以词当行,当时皆称美成词,殊不知美成文笔大有可观,作《汴都赋》,如笺、奏、杂著,皆是杰作。可惜以词掩其他文也。”(《贵耳集》)另一位宋人陈郁也说:“二百年来,以乐府独步,贵人、学士、市儇、妓女,皆知美成词为可爱。”(《藏一话腴》)扬之水先生说:“清真词的特点,是以极为精致的曲调与字句来安排委婉凄艳的故事,取景又皆从寻常日用中来。”(《无计花间住》)

周邦彦精通音律，能自己作曲。在大晟府时，致力于词调的整理审定，“讨论古音，审定古调”，“又复增演慢曲、引、近，或移宫换羽为三犯、四犯之曲”（张炎《词源》），对词的音律颇有贡献。周邦彦还善于隐括化用唐人诗句入词（陈振孙《直斋书录解题》），如《意难忘》“私语口脂香”句，白居易诗有“暗娇妆靥笑，私语口脂香”（《江南喜逢萧九彻因话长安旧游戏赠五十韵》），其他如《满庭芳》（风老莺雏），化用杜甫、刘禹锡、白居易诗；《西河》（佳丽地）隐括刘禹锡之《石头城》、《乌衣巷》，皆浑然天成。他还擅长调，尤以铺叙见长，如《六丑》（正单衣试酒），写蔷薇之凋谢，上片从春归写到花谢花飞，叹以无人追惜；下片写己之惜花之情，而以御沟红叶故事寄情作结。又抚写物态，曲尽其妙，如《苏幕遮》（燎沉香），以“叶上初阳干宿雨，水面清圆，一一荷风举”描绘雨后风中荷叶姿态，颇为传神。毋庸讳言，周邦彦词题材不宽，多为咏物写景、言情怀人之作。但其所开创的精研音律、重视辞藻的格律化词风，对南宋姜夔一派词人及后世词坛影响很大。

周邦彦著有《片玉词》、《清真集》。《宋史》有传。近人王国维有《清真先生遗事》资料颇详，可资参考。

上海辞书出版社文学鉴赏辞典编纂中心

2015.8

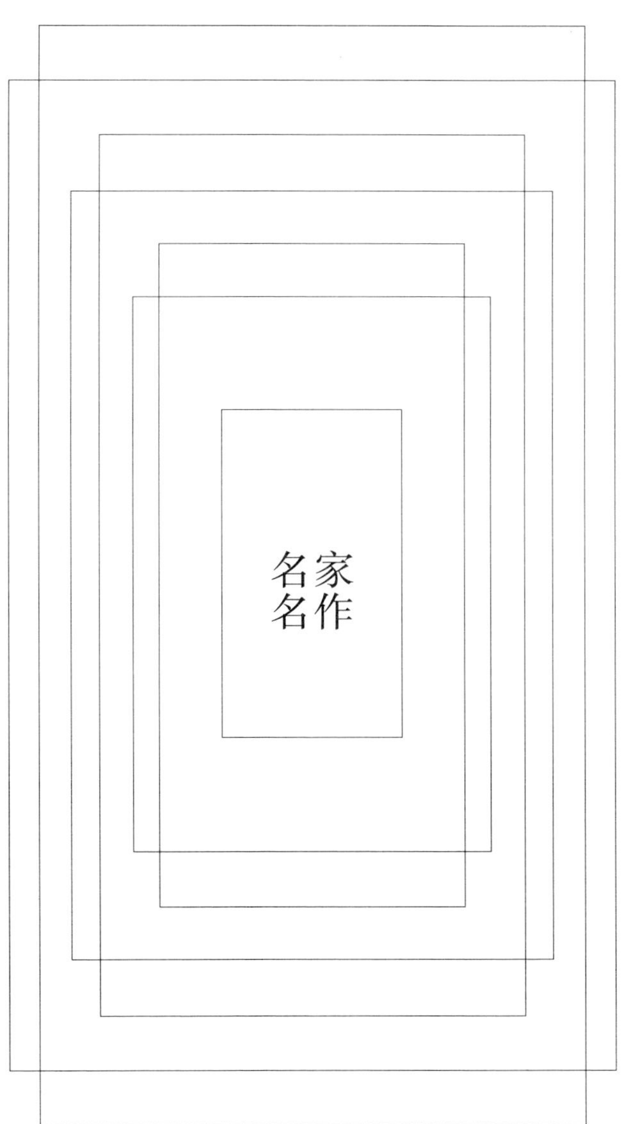

名家名作

万云骏　叶嘉莹　周汝昌　周振甫　袁行霈　钱仲联　蒋哲伦等撰写

【目录】

词

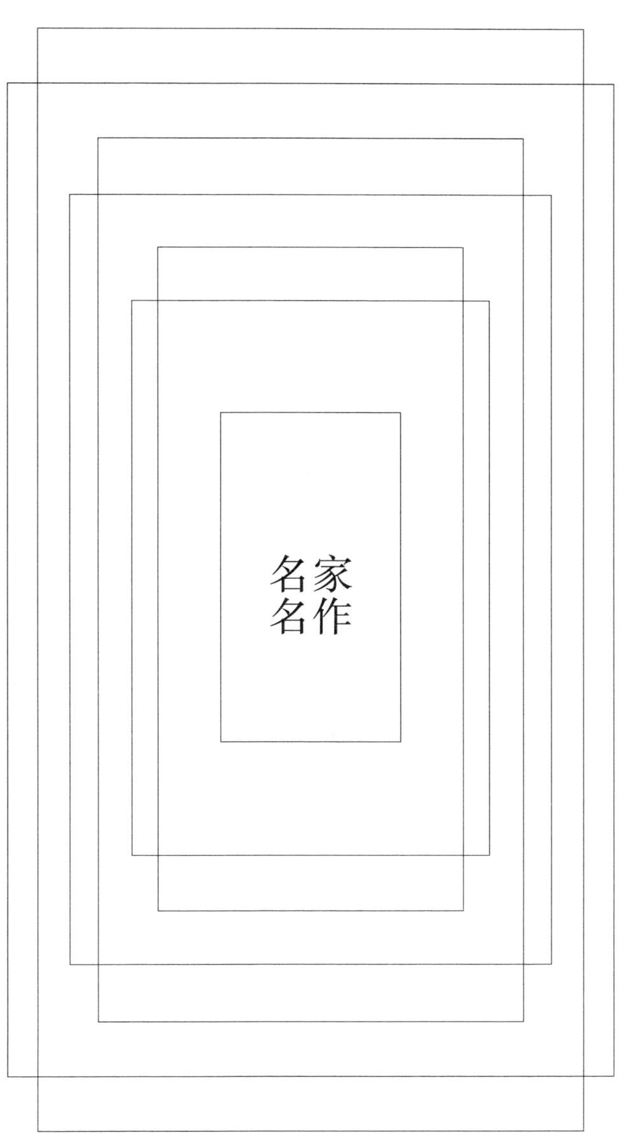

万云骏　叶嘉莹　周汝昌　周振甫　袁行霈　钱仲联　蒋哲伦等撰写

【词】

【原文】

瑞龙吟

章台路，还见褪粉梅梢，试花桃树。愔愔坊陌人家，定巢燕子，归来旧处。　　黯凝伫。因念个人痴小，乍窥门户。侵晨浅约宫黄，障风映袖，盈盈笑语。　　前度刘郎重到，访邻寻里，同时歌舞，唯有旧家秋娘，声价如故。吟笺赋笔，犹记燕台句。知谁伴、名园露饮，东城闲步？事与孤鸿去。探春尽是，伤离意绪。官柳低金缕。归骑晚，纤纤池塘飞雨。断肠院落，一帘风絮。

周邦彦的词集本名《清真集》，又名《片玉集》，开卷第一篇，就是这首《瑞龙吟》，它是周词中最有代表性的作品，一向被视为压卷之作。它写的是作者重游旧地、追怀往事，面对美好春光，思念当年眷恋过的一位歌妓，并由此而触发的难以排遣的“伤离意绪”。词里所写的这些内容，很可能是作者自己的一段生活经历。旧地怀人的“本事”，并不新奇，唐人崔护那首流传很广的《题都城南庄》诗“去年今日此门中”云云，已经给类似事件勾勒了一个共同的轮廓，所以周济评论这首词说：“不过桃花人面，旧曲翻新耳！”新在什么地方，那就是“由无情入，结归无情，层层脱换，笔笔往复”（《宋四家词选》评）。这话说得有道理。周邦彦作长调，素以善于铺排结构见称，在这首《瑞龙吟》里，他把抒情、写景、怀人、叙事融为一体，用分明的层次安排繁富的内容，用回环的笔法抒写缠绵的情思，往昔的欢乐与今日的凄楚交错成文，从而成为一首绝妙好词。

填词，要精巧华美，婉约词人更于此刻意追求。且看本篇开头的景物描写。梅花谢了，桃花开了，本是平常习见的事物，而词里却说“褪粉”、“试花”，造语相当别致；褪粉、试花紧相连，使人仿佛感觉到了季节时令的跳动变换，这就巧妙而生动了。还有，使用倒装句法，把“梅梢”和“桃树”放在后面，亦足见作者的用心着力。所以，“褪粉梅梢，试花桃树”就成了名句。类似这样的句子，人工雕琢的痕迹固然比较明显，但它也包含着天然巧成的因素，人工不离天巧，二者紧相结合，才称得起精巧华美。本篇开头还错落地交代了有关的一些情况。“章台”、“坊陌”，是京城繁华的街道和舞榭歌台聚集的里巷；“坊陌人家”，则同时点明了作者所怀念的人物的歌妓身份。值得注意的是用“愔愔”二字来作形容，不写热闹写冷清，这就含有今昔对照的意思了。用燕子的“归来旧处”兼喻作者的重游故地，这是明显易见的，而用燕子的“定巢”暗中反喻自己的漂泊无定，则是较为曲折细腻的笔法。《瑞龙吟》这个长调共有三叠，首叠以“还见”二字为引领，写所见之景，但却不是单纯写景，景物已经和人事、感情巧妙而自然地熔铸在一起了。

次叠以“黯凝伫”三字为引领，写所怀之人。黯然凝神伫立，是用滞重之笔点出思念之深，但引出的下文却是一串轻脱活跃的词句，正好相映成趣。“个人痴小，乍窥门户”八个字相当传神，既写出了那位坊陌中人当时还没有失却少女的天真活泼，又浸透着作者对她的亲昵爱怜之情。“窥门”，须得略加解释。元稹作《李娃行》，有句云：“髻鬟峨峨高一尺，门前立地看春风。”可知娼家女子有站立门前以招徕客人的习惯。“浅约宫黄”，言施妆并不浓艳，盖妙龄女子自有颜色，毋须借重脂粉。再加上“障风映袖，盈盈笑语”两句，就把“个人”写活，简直呼之欲出了。描绘人物的这几句，是全篇中最为生动的笔墨。

《瑞龙吟》调的前两叠，谓之“双拽头”，相当于一般词调的上片，第三叠相当于下片。这首词下片的重点是追忆往事，对照今昔，抒发“伤离意绪”。相传东汉时刘晨与阮肇入天台山采药，迷路饿极，食山上桃实得饱，遇二仙女，邀去成婚，留半年，怀乡思归，女遂相送，指示还路。一说刘、阮后来重

【鉴赏】

入天台访女，踪迹渺然。词中用了这个故事，兼用刘禹锡《再游玄都观》“种桃道士归何处，前度刘郎今又来”的诗句。以刘郎自喻，恰与前文“桃树”、“人家”暗相关合，亦是笔法巧妙处。寻访邻里，方知自己怀念中的人物亦如仙女之踪迹渺然，“同时歌舞”而“声价如故”者，唯有“旧家秋娘”耳。“秋娘”，是唐代妓女喜欢使用的名字。这里以秋娘作陪衬，就说明了作者所怀念的那位歌妓当年色艺声价之高。“吟笺赋笔”以下几句，是追怀往事的具体内容。“燕台”，是唐代诗人李商隐的典故。当时有位洛阳女子名柳枝者，喜诗歌，解音律，能为天海风涛之曲，幽忆怨断之音，闻人吟李商隐《燕台》诗，惊为绝世才华，亟追询作者，知为商隐，翌日遇于巷，柳枝梳丫头双髻，抱立扇下，风障一袖，与语，约期欢会，并引出了一段神魂离合的传奇故事(见李商隐《柳枝五首》序)。周邦彦用这个典故比喻自己和歌妓的交往。上片“个人痴小”所写人物的仪态活动，似乎就是从这篇诗序化来，很有意味，这就揭示了彼此之间的关系是才子词客幸遇知音，风尘女子慧眼识人，这比起一般的征酒逐歌、寻欢买笑来，自然是格调高雅、感情深厚的了。如今不可再遇理想伴侣，当年名园露天畅饮、东城闲步寻花那样的赏心乐事也就无从重现，只能深深地铭刻在自己的记忆之中了。“露饮”，指露天饮酒。“事与孤鸿去”，虽是借用唐人杜牧诗句，却天衣无缝，浑若己出。这是因为，从声韵方面看，此句后三字是“平平去”，恰与格律吻合；从文章方面看，此句与上文的“犹记”、“知谁”等词语也能紧相绾合。“事与孤鸿去”一笔收束往事，回到当前，而且顺势推演，很自然地点出了全篇的主旨：“探春尽是伤离意绪”。这样总括性的句子，如果位置摆得不恰当，就可能流于空洞，本篇是在景、情、人、事都已写充分的前提下，才把这两句推导出来的，所以显得沉着深厚。结尾再次写景，先以“官柳”与开头的“章台”、“归骑”与开头的“归来”遥相照应，再写池塘、院落、帘栊，而“飞雨”与“风絮”之足以令人“断肠”，则是意料之中的事了。

周邦彦这首《瑞龙吟》，章法非常考究，以景起，以景结，中间则以今日与往昔两条线索互相交织。首叠着重写今日，次叠着重写往昔，三叠则今昔紧相联结不复可分。层次错落而分明，脉络繁复而清晰，足见其笔法；能大开大合，铺开时写得具体细致，收拢时写得凝练厚重，又足见其笔力。不把话一气说尽，而是如抽茧丝，如剥笋皮，能于层层递进之中显出回环往复来。篇中多有转换跳荡之处，给人以疏朗之感，而勾连接榫之严谨，又使人觉得它极为缜密。长调最重章法，此篇堪称楷模。

（王双启）

华胥引

川原澄映，烟月冥濛，去舟如叶。岸足沙平，蒲根水冷留雁唼。别有孤角吟秋，对晓风鸣轧。红日三竿，醉头扶起还怯。　　离思相萦，渐看看，鬓丝堪镊。舞衫歌扇，何人轻怜细阅。点检从前恩爱，但凤笺盈箧。愁剪灯花，夜来和泪双叠。

关于这首词的创作背景，刘永济先生说：“此美成出知顺昌府时所作。”（《唐五代两宋词简析》）说得具体一点，是离别汴京、思念所爱之作。

“川原”三句，写舟中远望所见。原野辽阔，月光映照，浩渺烟波之中，一叶扁舟正离汴京而去。“岸足”二句，写近观所见。岸边沙滩平坦，蒲苇迎风摇曳，不时传来大雁觅食的唼喋（shà zhá）之声。这两句与李商隐《子初全溪作》“战蒲知雁唼，皱月觉鱼来”相似，但一为小溪，一为大河，气象还是不同的。晓风吹拂，传来楼头角声，其声呜轧，令人难以为听。杜牧《题齐安城楼》诗云:"呜轧江楼角一声,微阳潋潋落寒汀。不用凭栏苦回首,故乡七十五长亭。"周邦彦此词闻角声而生感,与杜牧诗立意相同,但一写夕阳,一写晓风,一为怀乡,一为恋阙,意境是有区别的。虽闻角声而生感,但词人并未完全醒来,昏沉沉睡到日上三竿,仍然觉得醉意未曾全消。按杜牧《醉题》诗云:"金镊洗霜鬓,银觥敌露桃。醉头扶不起,三丈日还高。"晏幾道《玉楼春》词云:"明朝三丈日高时,共拚醉头扶不起。"与周邦彦此词情景相似,但他们都说"扶不起",而周词却说"扶起还怯",相比之下又进了一层。陈振孙说:"清真词多用唐人诗语,隐括入律,浑然天成。"(《直斋书录解题》)从上述各例看来,不仅仅能够做到自然妥帖,还能翻新出奇,另辟境界,比起一般的隐括,是更富于创造性的。

上片运笔设色,颇具匠心。前三层,首写远望,次写近观,再写耳闻,都是写景,运笔细腻,设色较浓。最后一层写情态,便显得比较疏淡,体现出变化之美。毛先舒评曰:"词家刻意、俊语、浓色,此三者皆作者神明,然须有浅淡处平处,忽著一二乃佳耳。如美成秋思,平叙景物已足,乃出'醉头扶起还怯',便动人工妙。"(《诗辩坻》卷四)体察甚为细致,拈出了其中妙处。

前引杜牧《醉题》诗云:"金镊洗霜鬓,银觥敌露桃。"这两句实际上包含此词上下片过渡的意脉,上片说的是"银觥敌露桃",过片接以"金镊洗霜鬓",即由"别景"转入"离思"。

过片写道:为何两鬓渐渐染霜,堪洗堪镊?正因离思萦绕之故也。一句点明,以下再分几层展开:"舞衫歌扇",所思之人;"从前恩爱",所思之事。所思之人,自己曾经"轻怜细阅",如今不知有何人"轻怜细阅"?所思之事,已成既往,如今细加点检,但余"凤笺盈箧",墨痕犹新,记录着彼此之间桩桩情事。其人既别,自己如今所能做到的,就是在灯下细细点检这盈箧的凤笺,直至夜深,和泪双叠,永远珍藏。黄苏曰:"叠,凤笺也。"(《蓼园词选》)乔大壮曰:"'双叠'指灯花。"(乔大壮手批《片玉集》)联系具体情境,当以黄说为佳。珍藏凤笺,正是将这份宝贵的情感,永远珍藏在心底。

《华胥引》调始清真,音律谐美,故宋代词人方千里、杨泽民、陈允平、赵必瑑等皆有步韵之作。

(赵山林)

琐窗寒

暗柳啼鸦,单衣伫立,小帘朱户。桐花半亩,静锁一庭愁雨。洒空阶、夜阑未休,故人剪烛西窗语。似楚江暝宿,风灯零乱[①],少年羁旅。　　迟暮,嬉游处,正店舍无烟,禁城百五[②]。旗亭[③]唤酒,付与高阳俦侣[④]。想东园、桃李自春,小唇秀靥[⑤]今在否?到归时、定有残英,待客携尊俎。

〔注〕 ① 风灯零乱:杜甫《船下夔州郭宿雨湿不得上岸别王十二判官》诗:"风起春灯乱,江鸣夜雨悬。" ② 百五:即寒食节。宗懔《荆楚岁时记》:"去冬节一百五日,即有疾风甚雨,谓之寒食,禁火三日,造饧、大麦粥。"元稹《连昌宫词》:"初过寒食一百六,店舍无烟宫树绿。" ③ 旗亭:酒楼。张衡《西京赋》:"旗亭五重。"薛综注:"旗亭,市楼也。" ④ 高阳俦侣:谓酒友。郦食其,陈留高阳人,求见沛公刘邦,刘邦以为他是儒生,不接见,"郦生瞋目案剑叱使者曰:'走复入言沛公,吾高阳酒徒也,非儒人也。'"(见《史记·郦生陆贾列传》) ⑤ 小唇秀靥:谓美貌女子。靥(yì),面颊上的微涡。李贺《兰香神女庙》诗:"团鬟分蛛巢,浓眉笼小唇。"又《恼公》诗:"晓匳妆秀靥,夜帐减香筒。"

【鉴赏】

此词抒写客中寒食对雨思乡之感。词中提到禁城，可证作者当时正旅食京华。按周邦彦一生在京之日甚久：入太学，元丰（1078—1085）初献《汴都赋》，这是三十岁以前；为国子主簿，被宋哲宗召见，这是四十岁以后，一直到去世前三数年，除一度出知隆德府（府治今山西长治），徙知明州（州治今浙江宁波）外，都在当京官。从下片换头用"迟暮"两字，以及就全词意境看，当系晚年所作，而这时宦况颇为落寞。

一起五句，从对雨起兴：庭院小帘朱户之地，柳暗桐阴鸦啼之时，单衣伫立独对春雨之事，此时、此地、此情、此景，教人如何排遣！"洒空阶"两句，从听雨感到孤独。潇潇暮雨，已够销魂；客馆孤灯，更添愁思。于是想起李义山的名句："何当共剪西窗烛，却话巴山夜雨时。"（《夜雨寄北》）这个时刻，如果有一位老友来剪烛谈心，多么好！与上面结构相比，这是：夜雨洒空阶之时，帘内之地，想与故人剪烛西窗之事。歇拍三句，从当前客窗孤独，想到昔年楚江羁旅。少年羁旅与垂老形役，心情一般萧瑟；楚江暝宿、风灯零乱和暗柳啼鸦、空阶愁雨，境界同样凄清；所以会引起联想。与上面结构相比，这是：楚江暝宿之地，风灯零乱之时，少年羁旅之事。歇拍三句，把思路拓开出去。

过片六句，将思路又勒转回来。这时作者已届迟暮之年，尚在京华作客，孤馆春寒，宦况寂寞，值此百五禁烟时节，亦无心饮酒，旗亭唤酒之事，只付与高阳酒徒为之，而自己不参与了。与上面结构相比，这是：禁城店舍嬉游之地，百五无烟之时，不共高阳俦侣旗亭唤酒之事。"想东园"三句，从客舍迟暮，想到故园桃李，梓里美人。久客恋乡，暮年感旧，节日思亲，都是人生极自然的心理活动。想象故里东园，桃李争妍，春色不殊，可是玉人安在？与上面结构相比，这是：故乡东园之地，桃李花开之时，小唇秀靥何在之事。最后三句,从故园桃李自春,小唇秀靥安在,设想自己回去后的情况。人已迟暮,春已阑珊,花自零落,在这样情况下,纵然回到故里,情怀仍似客中,只能花下酩酊,聊以排解郁结。与上面结构相比,这是:东园之地,残英之景,归客携尊俎之事。

上析六个层次,层层递转,宛若六幅画面,幅幅不同。这些层次,就是思想感情的发展过程,虽然曲折回环,却总不离寒食、春雨与迟暮之感。布局有峰回路转、柳暗花明之妙。所以清代词论家周济称此词"奇横"(《宋四家词选》),奇横即不平直,在此通首不及百字的词中,有虚景、有实写,有愿望、有设想,有少年、有暮齿,有客舍、有故里,有高阳酒徒、有秀靥美人,鱼龙曼衍,光怪陆离,难以臆测,不可捉摸,此所以为奇横;奇横而脉络可寻,治丝不棼,此所以为贵。

(黄清士)

早梅芳近

花竹深,房栊好,夜阒无人到。隔窗寒雨,向壁孤灯弄余照。泪多罗袖重,意密莺声小。正魂惊梦怯,门外已知晓。　　去难留,话未了,早促登长道。风披宿雾,露洗初阳射林表。乱愁迷远览,苦语萦怀抱。谩回头,更堪归路杳。

这一首词,宋陈元龙注本《片玉集》题为"别恨",元巾箱本《清真集》、明吴讷《百家词》本《片玉集》题同;卓人月《词统》、潘游龙《古今诗余醉》则题为"晓别":两种不同的题目,正可参看。细观词意,确是与恋人相别之词。

【鉴赏】

其结构，正如黄苏所评："前阕由'晓'字写入，渐引到'别'字，是未别以前也。后阕从别时写起，说到别以后，是去路也。词意绵密细腻，无一剩字。"(《蓼园词选》)

上片写别前话别。"花竹"三句，写恋人所居。花竹幽深，房栊雅洁，更兼夜深人静，正是情侣话别的好时光。室外淅淅沥沥，雨打寒窗，室内孤灯独焰，余照在壁。一"弄"字耐人玩味，张先《天仙子》"云破月来花弄影"写的是月下花影，婀娜多姿；此处写的是壁灯余照，闪烁微明。苏轼《水调歌头》隐括韩愈《听颖师弹琴》诗云："昵昵儿女语，灯火夜微明。"可见微明灯火，正是情侣之间喁喁絮语之绝好背景。

细语者为何？不要说局外人无从得知，即作别之人亦未必字字听得分明，盖因所别之人多情善感，泪湿罗袖；其意绵绵，更兼抽抽噎噎，愈发觉得语细声微，楚楚动人。"泪多"二句，体察情侣心理，细腻之至，诚如沈际飞所评："晓得袖因泪重，声因意小，老于个中人。"(《草堂诗余正集》)

就在这难舍难分、心神不定的情态之下，天色已经放晓，终于到了害怕分别、却不得不别之时。

过片写别时情景，仍承上片"话别"而来。"话别"之"话"未了，而有人"早促登长道"，这与柳永《雨霖铃》"都门帐饮无绪，留恋处、兰舟催发"情形相似，不过一为晚别，一为晓别，一为舟行，一为陆行，意境还是有差异的。俞平伯说"下片可参阅《花间》载牛希济《生查子》词，牛词'语已多，情未了'，即此首两句也"(《清真词释》)，可以帮助我们加深理解。

以下接写别后忆别。晓风吹散夜雾，晨露清新如洗，初升的朝阳照射在树林之上。孰料原本十分明丽的清晨景物，在词人眼里却是一片迷茫，使他不能极目望远，其原因何在？就在于"乱愁"所"迷"，而"乱愁"又由于情侣的"苦语"，使得词人久久萦怀，挥之不去。这"苦语"，或许正如牛希济《生查子》词所写"回首犹重道：记得绿罗裙，处处怜芳草"，正是情深意切、令词人刻骨铭心之语。但“苦语”虽萦怀抱，而“乱愁”已迷“远览”，词人精神恍惚，方寸已乱，即远路芳草已不能一一入览，更不用说回首重聚，预约归期了。

全词情景安排，颇具匠心。上片先景后情，下片情中有景，刘永济分析得好：“全首用情、景相间写法，将所别之人与作别之人所处之境地与其情状，都表现得极其真切。”（《唐五代两宋词简析》）

此词的节奏亦值得仔细体会，按照俞平伯的分析，假定其上下片各为四拍，疾徐不异，而前结“正魂惊梦怯，门外已知晓”，以十字五、五为句；结句“谩回头，更堪归路杳”，则八字三、五句法，虽同隶一拍，但字数减了五分之一，亦即节奏慢了五分之一。结句既以减字故成为曼声，于是其前半纵与上片之前半节奏同检，而疾徐相形之下不得不为促拍；申言之，拍数虽均，但上片是停匀的，下片由张而弛，故是攲侧的；精密言之，拍无平侧，音声实有顿挫，这就是结句减字所产生的效果。参照清真另一首《早梅芳》（缭墙深，丛竹绕），作法全同，末句“路迢迢，恨满千里草”，亦须慢读，才能读出其中味道。总之，如俞平伯所言，此词“摹拟纤悉，示别绪之缠绵，抒写谐谑，见行踪之飘忽”，可见“善察调情而能用之者，莫如清真也”（《清真词释》）。

（赵山林）

意难忘

衣染莺黄。爱停歌驻拍，劝酒持觞。低鬟蝉影动，私语口脂香。檐露滴，竹风凉，拼剧饮淋浪。夜渐深，笼灯就月，子细端相。

知音见说无双。解移宫换羽，未怕周郎。长颦知有恨，贪耍不成妆。些个事，恼人肠，试说与何妨。又恐伊、寻消问息，瘦减容光。

【鉴赏】

这首词写词人与一位稚龄歌伎之间的情事。首句“衣染莺黄”，可见其所着为金缕衣，语出温庭筠《舞衣诗》：“蝉衫麟带压愁香，偷得莺黄琐金缕。”寥寥四字，以精炼的笔触，推出歌伎形象，让人眼睛一亮。“停歌驻拍，劝酒持觞”本来写的是歌伎以歌侑觞的动作，但“着一‘爱’字，化景入情，即‘惺忪言语胜闻歌’也”（俞平伯《清真词释》）。所谓“化景入情”，就是说这位歌伎发自内心地停下歌唱，而端起酒杯，殷勤地向词人劝酒。词人为其深情所动，觉得这温柔的劝酒之辞比歌声还要动听，正如词人一首《望江南》所写“惺忪言语胜闻歌”。乘此兴致，词人一杯接着一杯，一直饮到露滴风凉，真可以说淋漓酣畅。当然，这里也留下一个悬念：这位歌伎主动停歌驻拍，是否因为演唱的水平不高，而自藏其拙，自掩其短呢？这一悬念，要留待后文来解开了。

词人并不是只顾饮酒，他还不忘欣赏歌伎的美。“低鬟”句写其风姿绰约，“私语”句写其谈吐优雅。词人在筵席上即已欣赏，至席散之后，夜深之时，仍然借助月色灯光，细细端详，陶醉其中，观之不足。“笼灯就月”二句，描绘多情男子沉浸于女性美的审美状态，可谓出神入化。清人洪昇《长生殿》第二出《定情》写唐明皇欣赏杨贵妃的美，唱《中吕过曲·古轮台》“下金堂，笼灯就月细端相，庭花不及娇模样。轻偎低傍，这鬓影衣光，掩映出丰姿千状”；京剧《朱砂痣》写韩廷凤欣赏新婚妻子的美，唱“借灯光对娇娘用目观望，与前妻相貌同一样风光”，都深受周邦彦词这两句的影响。

换头“知音见说无双”三句，举重若轻地回答了上文所留的悬念：这位歌伎主动停歌驻拍，绝不是因为演唱水平不高，恰恰相反，她知音识曲，演唱技巧十分娴熟。这里“周郎”，指三国东吴名将周瑜，他是当时著名音乐家，谚云“曲有误，周郎顾”，说他能够敏锐地发现歌者演唱的讹误，因此歌唱表演时，只要有周郎在场，歌者都是小心翼翼，唯恐出错，后来便将高明的音乐鉴赏家称为“周郎”。而此词所写这位歌伎“未怕周郎”，足见其演唱水平高人一等，因而内心充满自信。而词人也在听歌赏音之余，再注目细看这位歌伎的情态：翠黛长颦，故知其心中自有幽怨；贪耍误妆，又可见其一片娇憨之态。这两句抓住特征，写出了稚龄歌伎的不同侧面，可以说是“双面写美法”（俞平伯《清真词释》），使得人物形象因具有立体感而更为丰满。

尽管稚龄娇憨，但词人听其音，察其情，觉得这位歌伎称得上“知音”。所谓“知音”，一指精通音乐，可以有艺术上的沟通；二指善解人意，可以有心灵上的沟通。词人正好内心有烦恼之事，很想对她倾诉一番，可是又恐怕她刨根追底，反复思量，甚至共鸣强烈，不能自已，以至于伤身伤神，瘦减容光，因此欲言又止，直到分别之际，仍然未对其言明，而是将这秘密深深藏在心底了。至于这秘密，是词人漂泊天涯，身不由己，担心今日一别，后会无期，抑或其他等等，局外人就不得而知了。总之，“执手临歧，断断有不忍说与伊行者。一经点破，上文艳冶都化深悲，而深悲仍出之以微婉”（俞平伯《清真词释》），这就使得全词的情感蕴涵又加深了一层，显得更加丰厚了。

通观全篇，词人对这位稚龄歌伎，既爱其容貌之俏丽，又赏其歌声之动听；既享受与其共处之欢悦，又设身处地为其着想，不忍对其有丝毫伤害，体现出对其人的尊重和爱惜。立意比一般的听歌咏伎之作高出一筹，又摒弃了一般艳词的浮泛之语，这就是此词虽然艳冶，却具有较高格调的原因。陈廷焯《云韶集》云：“此词香艳极矣。但香艳不难，难在吐弃一切泛语。谁不能作香奁词，谁能如此摆脱有致？”所评颇中肯綮。

《意难忘》调始清真，音律谐美，故宋代词人朱用之、陈允平、赵必瑑等人皆有步韵之作。清真此词，宋元之际杭州歌妓沈梅娇、吴中歌妓车秀卿尚能歌之（见张炎《山中白云词》卷一《国香》词序，卷四《意难忘》词序），可见流播之广。

（赵山林）

风流子

新绿小池塘，风帘动、碎影舞斜阳。羡金屋去来，旧时巢燕；土花缭绕，前度莓墙。绣阁里，凤帏深几许，听得理丝簧。欲说又休，虑乖芳信；未歌先咽，愁近清觞。　　遥知新妆了，开朱户，应自待月西厢。最苦梦魂，今宵不到伊行。问甚时说与，佳音密耗，寄将秦镜，偷换韩香？天便教人，霎时厮见何妨！

南宋王明清《挥麈余话》说，周邦彦为溧水令，主簿之室有色而慧，每出侑酒，因作《风流子》以寄意。王国维《清真先生遗事》说："案明清记美成事，前后抵牾者甚多，此条疑亦好事者为之也。"以一县之令长，对属官妻妾如此"寄意"，亦太越出情理之外，故事自不可信。此乃寻常风情之什，且未必即是"夫子自道"。上片主景，写黄昏之春愁；下片主情，写月夜的怀思，层次过渡，十分清楚。

从上片描写的景物看，词中的"我"徘徊于池上，离意中人居处不远，但彼此间却有不可逾越的障隔。"新绿小池塘"，谓池水新涨，"绿"为水色。此宅院中的小池。入手一句写环境，便得静雅之趣。转到下两句，仍写池水，而静中见动。帘影映入水中，风摇影动，加以水面折光，便成碎影；再写斜阳返照，浮光跃金，景色奇丽。不仅体物尽态极妍，且隐含人情。在有情人眼中，“风帘动”可能产生“疑是玉人来”之想。但人不果来，唯“碎影舞斜阳”而已，这就暗启下文之幽恨。

“羡”字所领四句，蕴含在景中的情感就略有显露了。燕子在旧年筑过巢的屋梁上又来筑巢；土花（苔藓）在前番生过的墙上又生了出来。主人公触景生情，所以“羡”此二物，是因它们能隔年重临故处，而对比自己此时不能重续旧欢，有人不如物之慨。这四句形式属“带逗对”，词序略有挪移，即以“土花”对“金屋”（本应对主体“巢燕”），尤觉工稳。是作者善于锤炼字句的表现。

旧欢既不能重续，于是揣想对方在深闺的景象。“绣阁里，凤帏深几许”，出以问句，便觉一往情深。“听得理丝簧”即是池上所闻。以下四句写“丝簧”似是以琴音传情。那声音像怕误了佳期芳信，满怀幽怨无处倾诉，故“欲说又休”；本应对酒当歌，但怕近酒，故又“未歌先咽”。于是词情暗由已思人转为写人思已，倍增怀思之深。

换头三句，悬想伊人晚妆停当，待月西厢，她也在思念、盼望自己。“待月”二字表明与上片所写“斜阳”已有一段时间间隔，但仍从对方落笔，词意与上片相续。不作“遥想”而径写“遥知”，则似乎实有其事，何以知之？“心有灵犀一点通”也。丝簧可闻的地方着一“遥”字，又表现出咫尺天涯之感。明知她待月西厢，却无法赴会，是一苦；连梦魂也不得去她身边，便更苦了。这仍承上“羡金屋”四句，叹旧欢难续。

紧接便是长长一问：“问何时说与，佳音密耗，寄将秦镜，偷换韩香？”东汉秦嘉出为吏，其妻徐淑因病不能随行，嘉乃寄赠明镜、宝钗等物以慰之，此即“秦镜”出典；晋贾充之女私慕韩寿，窃御赐异香赠寿，充知其事，即以女妻之，此即“韩香”的出典。这四句意思是：什么时候才有机会相订密约，互通情愫呢？乃是在封建礼教禁锢下的情侣发自心灵的呼声，它将词情又推进一层。至此通篇皆是旧情难续的怅恨，无由再见的怅恨，末句就喊出内心呼声：“天便教人，霎时厮见何妨！”似乎从中作梗，使有情人不得相会的，乃是苍天，不尤人而怨天，可见怨极；要求“霎时厮见”，又见渴望之急；便“霎时厮见”，于事何补，又见情痴。如此“卞急迂妄”的一问，把词情引向高潮。

全词由景及情，抒情由隐而显，下片“最苦”二句、“天便”二句，坦直表露，语无禁忌，自张炎以来多有非难，以为有失“雅正”。其实，真率与鄙俗并不是一回事，应知“此等语愈朴愈厚，愈厚愈雅，至真之情由性灵肺腑中流出，不妨说尽而愈无尽”（《蕙风词话》卷二）。虽然语多真率，却并不粗鄙；有天然风姿而无矫揉造作之感，读来既明快又饶有情致。

（周啸天）

渡江云

晴岚低楚甸，暖回雁翼，阵势起平沙。骤惊春在眼，借问何时，委曲到山家。涂香晕色，盛粉饰、争作妍华。千万丝、陌头杨柳，渐渐可藏鸦。　　堪嗟。清江东注，画舸西流，指长安日下。愁宴阑、风翻旗尾，潮溅乌纱。今宵正对初弦月，傍水驿、深舣蒹葭。沉恨处，时时自剔灯花。

关于周邦彦词之内容意境方面的评价，历来乃颇有异辞。张炎之《词源》曾讥其“意趣却不高远”；王世贞之《弇州山人词评》亦曾谓其“能作景语，不能作情语”；刘熙载之《艺概·词曲概》亦曾谓“美成词信富艳精工，只

是当不得个贞字”。但也有极致赞美者，如陈廷焯之《白雨斋词话》即曾云“美成词极其感慨，而无处不郁”。“沉郁顿挫中别饶蕴藉”、“哀怨之深，亦忠爱之至”。但同时又以为周词往往有“令人不能遽窥其旨”的遗憾。其实周邦彦生当北宋新旧党争之际，对于政海沧桑确实颇多深慨，只不过他写得含蓄深蕴，使人不易觉察罢了。盖周氏之入汴都为太学生，乃正当神宗元丰初年变行新法之际。其后不久周氏就献上了赞美新法的《汴都赋》，为神宗所欣赏，遂自太学生一命为太学正。及至哲宗元祐初年高太后用事，起用旧党之人，周氏遂于不久后被出官在外，流转多年。及至绍圣年间，哲宗正式亲政，于是旧党之人又相继被贬出，而新党之人乃陆续被召回。于是周邦彦也便于此时又被召回汴都，且曾重献《汴都赋》。只不过这时的周邦彦，在阅历沧桑以后，已经不复是早期炫学急进的少年，而是一位委顺知命的恬退的长者了。从他的晚期的一些词作来看，如其《兰陵王》(柳阴直)、《瑞龙吟》(章台路)诸作，便该都是在其表面所写的对柔情之追念中，隐藏有政海沧桑之慨的。这些词都写得极为含蕴，可以吟味，但都不宜于指说。唯有这一首《渡江云》词，则对其喻托之意稍微露有端倪。

首先此词第一句就点明了“楚甸”，据王国维《清真先生遗事》，以为周氏客荆州“当在教授庐州之后，知溧水之前”。但此词却并非此时所作，而当为其第二次被召入京时重过荆州之作。这首词从表面看来，其前半阕不过泛写春日之景物而已。俞陛云《宋词选释》即曾谓此词“上阕言楚江作客，春光取次而来，皆平叙景物”。其所说虽是，然而这实在却只是这首词表面所写的第一层意思而已。至于此词之下半阕，俞氏虽也曾提出“其写怀全在下阕”之说，然而俞氏对其所写之怀的理解，则只是“宴阑人散，送行者皆自崖而返，而扁舟孤客，泊苇荻荒滩，与冷月残灯相对。此词与柳屯田之晓风残月，皆善写客愁者”。其所说亦未能得其真义。周邦彦自元祐初年出为庐州教授，至绍圣年间之再被召还京师，其间盖已有十年之久。在此十年中，时代既曾有新旧党人之废兴的两次剧变，周邦彦在阅历世变之余，其早年写赋求进之锐气，也已经销磨殆尽。因之此次再度蒙召入京，一方面虽然也有惊喜之情，而另一方面却同时也不免怀着很深的悲慨和恐惧。此词开端“晴岚低楚甸，暖回雁翼，阵势起平沙”数句，表面所写虽是在荆州水途中所见到的春至阳回的景色，但实在却已经隐喻了时代的政治气氛之转变，尤其值得注意的是“暖回雁翼，阵势起平沙”二句，表面上所写虽是雁阵之起飞，但实际上却已经隐喻着一些因政治情势改变，而又纷纷得意回朝的新党的人士。下面的“骤惊春在眼，借问何时，委曲到山家”数句，表面是写春天到来时，春光也来到了山中的人家，但此处实隐含有自指之意，暗喻自己在此次政局转变中，也再度被召还朝的这件事。以下自“涂香晕色”一直到上半阕的结尾数句，表面上所写的自然仍是春光之美盛，而实际上所隐喻的则正是政局转变后，新党之人竞相趋进的形势。对于这首词中前半阕所可能具有的隐喻之意有了理解后，我们就会明白何以作者在下半阕的开端，竟忽然用了“堪嗟”两个字，来承接前面所叙写的美丽的春光了。据强焕《片玉词序》谓周氏知溧水县时，曾为后园之亭台命名为“姑射”、“萧闲”，则其对竞进之心之逐渐泯除，已可概见；何况他在溧水还写有极著名的《满庭芳》（风老莺雏）一首词，其中的“且莫思身外，长近尊前”诸词句，也同样表现了一种淡泊世事的心情。而他在此次蒙召赴京，将要离开溧水前，所写的《花犯》（粉墙低）一首词，也曾藉着对梅花的感情，表现了对溧水的闲静恬适远离世纷的生活的依恋。

当我们有了这种认识以后，我们就可以了解他在此首《渡江云》下半阕开端，所写的“堪嗟。清江东注，画舸西流，指长安日下”，所蕴含的对于蒙召赴京一事之矛盾恐惧之心理了。其“清江东注”一句，所写的实不仅指眼前的江水而已，同时也暗喻了他对于江南的依恋，这种依恋，既包括了他曾任过县令的溧水，也包括了他自己的故乡的钱塘，而下句的"画舸西流"，则正指今日奉召入京的旅程，其中的矛盾对比，自是显然可见的。本来，对旧日的士大夫而言，其一生所追求者，既以仕进为人生之主要目标，则被召还京师，便原该是一件可喜的事。而周邦彦在这一首词中，却表现了如此深沉的嗟叹和矛盾，则其原因究竟何在？于是周氏在下面的"愁宴阑、风翻旗尾，潮溅乌纱"，马上就写出了他的矛盾恐惧的症结之所在，原来他所愁惧的仍是政争翻覆之无常。所谓"愁宴阑"者，正是预先愁想之意，"宴阑"之所指，则是预愁今日如雁阵飞起的、"涂香晕色"的骤然贵显的一批新党之士，一旦"宴阑"下台，则或者便不免将要受到如今日下台的旧党人士所受到的同样的排挤和迫害。所以才在此一句之下，马上承接了"风翻旗尾，潮溅乌纱"两句，暗喻了政治上的风云变色。"旗"字既可使人联想到一种权势党派的标帜，"乌纱"更可使人体味到政治上的官职和地位。而曰"风翻"、曰"潮溅"，则暗喻此种权势和地位之一旦倾覆的危险。俞陛云评说此词，竟以为果然有离别之宴，谓此词为"宴阑人散"以后之作，而忽略了"愁宴阑"之"愁"字，原为预先愁想之意，那便因为他对此词所隐喻的真正意旨未能完全体会的缘故。至于此词结尾之处的"今宵正对初弦月，傍水驿、深舣蒹葭。沉恨处，时时自剔灯花"数句，才是此词中真正全用写实之笔之处。表现出水程夜泊孤独寂寞中满怀心事的情景。

透过对于这一首词写作之时地，及其内容之深一层含意的分析，我们对周邦彦词之意境，当然有了更多的了解。但对于周词之有否托喻，我们不可一概而论。判断作品中是否确有托喻，我以为有三项衡量的标准，第一当就作者生平之为人来作判断，第二当就作品叙写之口吻及表现之神情来作判断，第三当就作品产生之环境背景来作判断。周邦彦此词，其一，盖写于其出官外州县已有十年之久以后，其为人性格已由少年时之不羁与急进，转为阅尽世变沧桑以后的淡泊恬退。而且据楼钥《清真先生文集序》之所记述，周邦彦此次蒙召还京以后，也是“虽归班于朝，坐视捷径，不一超焉”，这种性格之形成，自然与他对当日党争中仕途之升沉祸福之忧惧，有很大的关系。此其合于第一项衡量标准者也。其二，此词中所叙写之口吻神情，不仅在下半阕中的“指长安日下”和“风翻旗尾，潮溅乌纱”数句中之“长安”、“旗尾”、“乌纱”等字样，显然可见其含有喻托之意；就是在前半阕中的“暖回雁翼，阵势起平沙”，及“涂香晕色，盛粉饰、争作妍华”数句，其托喻之含意也是隐然可想的。此其合于第二项衡量标准者也。其三，则此词写于绍圣年间，哲宗已经亲政，旧党多被贬谪，而新党重新得势之际。是其写作之时代环境，也证明了此词有托喻之可能。此其合于第三项衡量标准者也。正因为有如此种种相合之处，所以我才敢大胆指明此词之果有托喻之意。

（叶嘉莹）

应天长

条风布暖，霏雾弄晴，池塘遍满春色。正是夜堂无月，沉沉暗寒食。梁间燕，前社客。似笑我、闭门愁寂。乱花过，隔院芸香，满地狼藉。　　长记那回时，邂逅相逢，郊外驻油壁。又见汉宫传烛，飞烟五侯宅。青青草，迷路陌。强载酒、细寻前迹。市桥远，柳下人家，犹自相识。

清真词情深入骨。回忆与追思实写，是这位词人的绝大本领。清真词具备这两大特征，可谓有体有用。一位俄国作家说得好：“心的记忆啊，你

比理性的悲哀的记忆还要强烈。”(《金蔷薇·心上的刻痕》)心灵的记忆,与情感的生命同其长久。清真此词是怀人之作,调名《应天长》,盖有深意。南宋陈元龙注于调名下引《老子》“天长地久”及《浩歌行》“天长地久无终毕”二语,不愧清真知音。

“条风布暖,霏雾弄晴,池塘遍满春色。”条风即调风(俗语谓风调雨顺),指春风。春风骀荡,布温暖满人间。迷雾飘动,逗出一轮晴日。池塘水绿草青,一片春色。起笔三句,便觉满幅春意盎然。可是,这并非此词基调。“正是夜堂无月,沉沉暗寒食。”正是二字,点明当下作词之现境。寒食之夜黯然无月,沉沉夜色笼罩天地,也笼罩独坐堂上的词人心头。原来起笔三句乃追思实写(不用忆、念一类领字的回忆),追叙寒食白天情景。“梁间燕,前社客。似笑我、闭门愁寂。”陈元龙注引欧阳獬《燕》诗:“长到春秋社前后,为谁去了为谁来。”寒食为清明前二日,春社为立春后第五个戊日,在寒食前,其时燕子已经归来,故称梁间燕为前社客。上二句以沉沉夜色喻示自己心灵之沉重,这四句则从燕子之眼反观自己一人之孤寂。闭门之意象,更象征着封闭与苦闷。“乱花过,隔院芸香,满地狼藉。”芸是一种香草,此处芸香借指乱花之香气。乱花飞过,院里院外,一片香气,其境极美,而残花满地,一片狼藉,则又极悲。此三句哀感顽艳,可称奇笔。回顾起三句所写之布暖、弄晴、春色,则以下所写之“无月”、愁寂、狼藉,昼夜之间,情景悬若霄壤,这究竟为何?

“长记那回时,邂逅相逢,郊外驻油壁。”换头以长记二字领起遥远的回忆,为全词核心。词人心灵中的这一记忆,正是与天长、共地久的。那回,指人我双方不期而遇的那一年寒食节。“时”,是宋人语气词,相当于“呵”。词人满腔哀思之遥深,尽见于这一声感喟之中。永远记得那回寒食节呵,我俩相逢在郊外,您是乘着油壁轻车来的。宋代寒食节有踏青的风俗,女性多乘油壁轻车来到郊外。其车壁用油漆彩饰,故名油壁。记忆中这美好的一幕,在词中仅倏忽而过,正如它在人生中倏忽而过那样。然而,它是不可磨灭的。以下,全写今日重游旧地情景。“又见汉宫传烛,飞烟五侯宅”,此二句化用韩翃《寒食》诗:“日暮汉宫传蜡烛,轻烟散入五侯家。”既点染寒食节气氛,也暗示出本事发生的地点在汴京。下“又见”二字,词境遂拉回今日白天的情境,从而引发出下文所写对当年寒食邂逅不可遏止的追寻。“青青草,迷路陌。”沿着当年踏青之路,词人故地重游。芳草萋萋,迷失了旧路,可是词人却固执不舍,“强载酒、细寻前迹。”强(勉强)之一字,道尽词人哀哀欲绝而又强自振作的精神状态。明知重逢无望而仍然携酒往游,而细寻前迹,终于寻到。“市桥远,柳下人家,犹自相识。”市桥远处,那柳下人家,还与自己相识。可是如今自己只身一人,绝非当年双双而来可比。往事,已如幻,如电,如昨梦前尘,如水逝云飞。言外无限酸楚。原来,上片起笔所写之盎然春意,只是今天重寻旧迹之前的一霎感受,其下所写之夜色沉沉、闭门愁寂,才是下片所写白天重寻旧迹之后的现在归宿。

时空错综交织与意脉变化莫测,是此词重大特色。若非反复潜心体察,确实难得其精微独诣。全词可分四层。起笔三句写今日寒食白天之景,是追思实写,为第一层。以下写今日夜色,是现境,为第二层。换头三句写当年寒食之邂逅,是回忆,为第三层。以下写今日重寻前迹情景,又是追思实写,为第四层。第一层大开,第四层大合,中间两层则动荡幻忽。全篇真是神明变化几不可测。词人只有这样行潜气内转于千回百折间,才能极尽其刻骨铭心之情,极尽其郁积深厚之意。随结构意脉千变万化,意境自然也迷离惝怳,要眇深邃。同时,此词声情与语言之特色也不可忽视。上片自“梁间燕”之下,下片自“青青草”之下,皆是三、四字短句,此词韵脚为入声,句调既紧促,韵调复激厉,全词声情便是一部激越凄楚的乐章。词中几乎字字句句皆千锤百炼,可谓掷地有金石之声,尤其上下片那两段一气贯注的短句,无不峭拔有力,可谓字字皆向纸上立,确实体现着清真以健笔写柔情的特色。就是今天读来，犹觉其声情文情惊心动魄，回肠荡气。词体抒情艺术，此作已臻极致。

（邓小军）

荔枝香近

照水残红零乱，风唤去。尽日恻恻轻寒，帘底吹香雾。黄昏客枕无憀，细听当窗雨。看两两相依燕新乳。　　楼下水，渐绿遍行舟浦。暮往朝来，心逐片帆轻举。何日迎门，小槛朱笼报鹦鹉。共剪西窗蜜炬。

唐朝李商隐《夜雨寄北》："君问归期未有期，巴山夜雨涨秋池。何当共剪西窗烛，却话巴山夜雨时。"周邦彦这首《荔枝香近》，正抒写了同样的情怀，只是加以层层敷衍，以词之韵律创造出一种截然不同于唐诗的婉转低回。

这首词约作于周邦彦客居荆州之时，但具体年份却有争议。王国维《清真先生遗事》说"先生少年曾客荆州"，又推论说当在教授庐州之后知溧水之前，其时先生三十余岁。后孙虹女士作《清真集校注》，提出异议说这首词应是写于熙宁六年(1073)春初到荆州之时。当时周邦彦十八岁，取道荆州北去长安，周词中许多长安词，当作于此番游历之时。其后期所作《琐窗寒》(暗柳啼鸦)中云："洒空阶，夜阑未休，故人剪烛西窗语。似楚江暝宿，风灯零乱，少年羁旅。"所谓"少年羁旅"，正与此词之意契合。孙虹女士又据词中之意，推断其时可能新婚，此词当是因思念新婚即别的妻子而作。

这一推论甚是合情合理。

词的上片以景切入，映入眼帘的，先是“残红”。虞世南《侍宴应诏赋得前字》云：“横空一鸟度，照水百花然。”然，燃也，其诗所写，是一片生机盎然的春景，到了清真笔下，则只余“照水残红”。既是残红，自是“零乱”不堪，偏又被“风唤去”。风，既是“零乱”之因，也是“零乱”之果。零乱复又照水，上也零乱，下也零乱，开篇第一个“镜头”，已经弥漫了凄迷之意。

“尽日”句融化了韩偓《夜深》诗：“恻恻轻寒剪剪风，小梅飘雪杏花红。”暗自延续了前两句风吹残红之意脉，又顺势将视角由室外转到室内。不胜轻寒，故帘幕低垂，闭门不出。于是有后句“黄昏客枕”。“帘底吹香雾”出自李贺《秦宫诗》：“楼头曲宴仙人语，帐底吹笙香雾浓。”李诗有“笙”，周词无“笙”，是变有声为无声？还是隐而不发，任由读者自己去填补那笛声寂寞？从室外写到室内，寂然而凄冷，词人点出的，是风声，及下句的雨声。

视角既转入室内，由“黄昏”以后，便描绘了室内之人，此三句，极写“无聊”。“客枕”点出羁旅，“黄昏”两字承“尽日”而来，体现了时间的流逝，又点出白昼便慵卧枕上之人委实“无聊”。后两句写所“听”及所“看”——听的是“当窗雨”，看的是“两两相依燕新乳”，是“无聊”的结果，也是“无聊”的体现——因为无聊，所以“细听”窗外雨声潇潇，看窗外雏燕双飞。“细听”一句甚是巧妙，既反证“客枕无聊”，又呼应首句“残红零乱”，风吹又遭雨打，不知残红所剩有几？更妙的是，还为尾句“共剪西窗蜜炬”埋下灰线。而所“看”之两两相依的新燕，又顺势带出下片之“思归”，端的是环环相扣，严丝合缝。

下片写“思归”。由上片尾句“看两两相依燕新乳”而勾起思归之意，想起家中新婚之妻，顺理成章，过得天衣无缝。欲写思归，先写“舟浦”。江淹《别赋》曰：“春草碧色，春水渌波，送君南浦，伤如之何！”舟浦，自古以来便是送往迎归的伤心之地，无论是别之依依，还是盼之切切，最不缺便是伤心泪。“渐绿遍行舟浦”的“渐”字，点出时序变化，暗示离别已久，思归心切。“楼下水”，既是实写引出“舟浦”，又化用了许浑《思归》诗之字面：“殷勤楼下水，几日到荆江。”

在舟浦上望见“暮往朝来”的“片帆”，是最顺理成章自然不过的事儿吧？只是，不知伫立岸边之人，已经伫立观望多少时日？只见那舟浦之水一点一点地绿了，然后绿色一点一点浓了，日复一日，春已将尽，而自己依然不得乘帆而归。仿佛“昨夜闲潭梦落花，可怜春半不还家。”（张若虚《春江花月夜》）“岁穷归未得，心逐片帆远。”（郑谷《登杭州城》）那种心情，何止是思归？无边的思念，莫名的焦躁，而更多的却是无奈，一个“渐”字，蕴含无限惆怅。

“何日迎门”两句，是顺着“心逐片帆”归家，而把笔触转到了家中之人的身上，所以才用“迎”字，是用妻子的视角，感叹说：什么时候才能迎得良人归来呢？“小槛朱笼报鹦鹉”，是化用了蒋防《霍小玉传奇》中的一个典故：“庭前有四樱桃树，西北悬一鹦鹉笼，见（李）生入来，即语曰：‘有人入来，急下帘者！’生本性淡雅，忽见鸟语，愕然不敢进。”这一典故的使用，细致描画了词人想象中“迎门”的一幕，只是要“何日”才能实现呢？于是，便如李商隐《夜雨寄北》中言“君问归期未有期”，于是，只得结以“共剪西窗蜜炬”，待相聚之时，再秉烛夜谈，细说今日离别之凄苦。怀着对将来重逢的期待与念想，此时的风风雨雨，是否能减少几分冷落与凄凉？

周邦彦这首《荔枝香近》，写羁旅之愁，写归思之切，但与其后期词中化不开的沉郁浓重相比，颇有些“哀而不伤”的节制与隐忍。全词雕琢不多，意脉连贯，由室外到室内，由写景到抒情，如水流般婉转自然，周词结构之精巧，可见一斑。

（蔡凌华）

【原文】

还京乐

禁烟近，触处浮香秀色相料理。正泥花时候，奈何客里，光阴虚费。望箭波无际。迎风漾日黄云委。任去远，中有万点相思清泪。　　到长淮底。过当时楼下，殷勤为说，春来羁旅况味。堪嗟误约乖期，向天涯、自看桃李。想而今、应恨墨盈笺，愁妆照水。怎得青鸾翼，飞归教见憔悴。

此词是春天羁旅怀人之作。其别致之处，在以情语结体。词人遥对恋人而作此一番情语。

"禁烟近，触处浮香秀色相料理。"起笔二句好比曲中之楔子。词人喃喃而语：寒食将近，到处花气浮动，到处花光闪烁，真撩逗人呵。"正泥花时候，奈何客里，光阴虚费。"此三句，由触处秀色引出赏花无心，遂一转而为对恋人之告语，以至于曲终。此时，正该与你缠住百花不放，尽情赏玩，无奈我却独在异乡为异客，与你山川间阻，只得任大好春光虚掷。伤春正所以怀人。"望箭波无际。迎风漾日黄云委。"望着眼前一派河水，水急如箭，浩渺无际，竟至对顶长风，荡漾白日，吞吐黄云。河水象征相思。其言外之意是，水流之急，如我归心似箭，水势之大，则如我相思无限。下边，更由此箭波翻腾起一段奇特想象激情高潮。"任去远，中有万点相思清泪。到长淮底。过当时楼下，殷勤为说，春来羁旅况味。"此六句实为一长句，一气直贯上片歇拍与下片开头。它紧接箭波之意象涌来，恰是激情之高潮。论章法之奇，实为词林之伟观；论想象之奇，更是出人之意表。词人倾诉：我流不尽的万点相思清泪注入滔滔箭波，让泪水远去，奔流直到淮河里，直到当时与你相会的河楼下，向你呜咽诉说，这一春来我滞留异乡苦苦相思的滋味！词人卓异之想象，与李白《闻王昌龄左迁龙标遥有此寄》“我寄愁心与明月，随风直到夜郎西”，可谓神思仿佛，但不尽相同。在李诗，愁心与明月本不同物，明月仅是愁心之所托。而在周词，泪水河水原为同质，故天然融汇莫可分辨。与清真同时的诗人韩驹，有《九绝为亚卿作》：“君住江滨起画楼，妾居海角送潮头。潮中有妾相思泪，流到楼前更不流。”构思同一机杼，唯主人公在周词为男子，在韩诗为女性则异。此一长句如涌狂澜，为激情奔放之高潮。下三句一变而为微波轻漾，低徊无已。“堪嗟误约乖期，向天涯、自看桃李。”词人悲叹，尽管泪水能流到你身畔，我自身毕竟淹留未归，这于你而言乃违期失约，在我来说又何尝不是失望痛心。远在天涯一角，我唯有独对桃李之花而已。言外之意是，桃李烂漫，我自孤独，相形岂不愈苦。此亦上边欲凭泪水诉说之一份春来羁旅况味。以上言自己相思已极，下边更转而替女子设想。“想而今、应恨墨盈笺，愁妆照水。”想而今你满怀怨恨，和了笔墨，该写满多少彩笺？你每日临水沉思，定照出愁容惨淡。设想之切，正见得相知之深。恨墨盈笺指女子所作诗词。这里透露出一个重大信息，未出场之女子原来深具文学才华，正是词人之知音。于是词中所表现之爱情，遂呈示出更其美好丰厚之文化内蕴。“怎得青鸾翼，飞归教见憔悴！”结笔二句，论词情是高潮再起，论想象更是奇外出奇。安得身有青凤双飞翼，直飞回你身边，教你也瞧见人家已憔悴成何状！言外之意是，彼此相思同样入骨。伤心之余，也不无一份相互慰藉之意味。倾诉相思，至此完满已极。结笔想象虽奇，仍出自率朴之情语，正是“愈朴愈厚，愈厚愈雅，至真之情由性灵肺腑中流出，不妨说尽而愈无尽也”（况周颐《蕙风词话》卷二）。

此词之显著艺术特色有三点。第一是全幅情语结体。词人通过内心独白，俨然如以词代书，通篇对恋人作情语，情感如万斛泉源涌出肺腑奔赴

【原文】

笔端,汩汩滔滔,忽而激情如涌潮,忽而悲徊如微波,而行于所当行,止于所不可不止,控纵自如,遂极浑成之致。全幅词情,如大化流行,能摄人魂魄。第二是以情语为体又以想象为用,奇思妙想澜翻无穷。如清泪直到长淮里,再如想而今恨墨盈笺,又如化青鸾飞归相见。真可谓奇外无奇更出奇,一波才动万波随。想象语既皆属致恋人之情语,故仍得归宗于情语之本体。而情语本体亦得力于想象不小。想象乃情感之载体,想象越富,情致越厚。第三是笔力劲健无比。从结句看,此词字字句句,皆精力弥满,无稍懈之笔。读之令人神旺。从构篇看,既刻画自己,又勾勒对方,且一再绾合双方,全篇之精严,如熔铸而成。尤其从歇拍至换头一气贯穿,成为一长句,词中罕见。真可谓凌云健笔意纵横。以健笔写柔情,正是清真词擅场。

作词,向以融情于景为易工,情语结体实难。此词却能以此道见长,不愧词苑奇葩。"建章千门,非一匠所营。"清真之被誉为词中集大成者,确非偶然。

(邓小军)

解连环

怨怀无托。嗟情人断绝,信音辽邈。纵妙手、能解连环,似风散雨收,雾轻云薄。燕子楼空,暗尘锁、一床弦索。想移根换叶,尽是旧时,手种红药。　　汀洲渐生杜若。料舟移岸曲,人在天角。谩记得、当日音书,把闲语闲言,待总烧却。水驿春回,望寄我、江南梅萼。拚今生,对花对酒,为伊泪落。

连环,是古代的一种玉饰,镂为双环相连的形状,取其永相连接不可分

解的意思。《战国策·齐策六》记载着这样一个故事："秦昭王尝使使者遗君王后玉连环，曰：'齐多智，而解此环否？'君王后以示群臣，群臣不知解。君王后引锥椎破之，谢秦使曰：'谨以解矣。'"齐后果然聪明，但欲解连环，只能砸碎，所以连环毕竟还是不可解的。周邦彦这首《解连环》词，是描写一个男子失恋的愁苦的，用连环比喻相思之情，连环不可解，相思亦不可断，然而，解与不解之间，断与不断之间，又有许多情感之起伏与思想之矛盾，这首词的特点，就在于它婉转反复地抒写了这种曲折细微的心理活动。

开头三句，"怨怀无托。嗟情人断绝，信音辽邈"，写怨恨产生的根由；结尾三句，"拼今生，对花对酒，为伊泪落"，是最后的结论；中间的文字则交错变换地描写失恋者的思绪：全篇的结构层次非常清楚。上片写了三层意思，反复表示相思之情不能断绝。"怨怀"之所以产生，是因为"情人断绝"而且"信音辽邈"，致使满腹的哀怨无所寄托，无法排遣。相思恰如连环，本不可解，退一步说，纵然"妙手能解"——其实是把它砸碎，算不得"解"，那也还不免藕断丝连，就像"风散雨收"之后，仍然会残留下轻雾薄云一样。这是第一层。接着又用唐代名妓关盼盼"燕子楼"的典故述说同样的意思：纵然是人去楼空，也还剩得"一床弦索"在。"床"，是古代的一种较矮的坐具；"弦索"，总指乐器。弦索仍然摆满床上，蒙着一层灰尘，那是关盼盼的遗物，睹物思人，以喻相思之情不能断绝。这是第二层。下面写到芍药花，又开始了第三层。芍药，是有特殊含义的。《诗经·溱洧》："伊其相谑，赠之以芍药。"又，芍药一名"将离"，行将别离之意。可知写到芍药花，就寓含着往日的欢乐与离别后的凄楚了。"移根换叶"与"旧时红药"相关合，"手种"则是以亲自栽种芍药来象征精心培植爱情。上片这三层意思，都表示割不断相思之情。

过片用《九歌·湘君》"采芳洲兮杜若，将以遗兮下女"句意，表示离别与怀念。汀洲，指水边送别之地。人已乘舟而去，且远在天角，如今伊人不见，离去久远，汀洲之杜若渐次成丛，而欲寄无由，亦似愁绪之与日俱增，而欲诉无地。“谩记得”以下几句，笔锋陡转，忽作狠心决绝之辞，谓昔日往还音书，不过是些“闲语闲言”，人已断绝，留它何用，点个火儿烧掉算了。这是暗用汉乐府《有所思》“拉杂摧烧之，当风扬其灰”句意，以示“从今以往，无复相思”之决绝态度。可是，紧接着又拉转回来，再暗用南朝乐府《西洲曲》“折梅寄江北”句意，请求对方把象征爱情的江南梅花寄来，这就是说，丢不掉，斩不断，虽已失恋，仍然怀着万一的希望，相思毕竟是不能断绝的。最后总收一笔，表明至死不变的痴心，写得极其凄苦。“拼今生”，已站好退身步，作了终生不能遂愿的准备；“对花对酒”，是说今后虽然有花可赏，有酒可饮，却唯独意中人不得相见，那末，也就只好“为伊泪落”了。如果把这种痴心流泪的结语再引申一下，就会很自然地联想起《红楼梦》曲子中那句有名的话：“想眼中能有多少泪珠儿，怎禁得秋流到冬，春流到夏！”

（王双启）

蕙兰芳引

寒莹晚空，点清镜、断霞孤鹜。对客馆深扃，霜草未衰更绿。倦游厌旅，但梦绕、阿娇金屋。想故人别后，尽日空疑风竹。　　塞北氍毹，江南图障，是处温燠。更花管云笺，犹写寄情旧曲。音尘迢递，但劳远目。今夜长，争奈枕单人独。

“蕙兰芳引”这一词调为周邦彦所创。此词在《草堂诗余正集》中题为“秋怨”，清代王士禛亦有《蕙兰芳引·春思用清真秋怀韵》，可见此词乃是

以秋日之景写相思之情。

“寒莹”描绘的是清爽透彻的蓝天，所谓“晚”并非夜晚，乃是傍晚。“清镜”之含义，或曰水，或曰天，但以上下文观之，此处指代天空，辞意似乎更顺畅些。在晶莹如镜的晚空中，抹一笔红霞，点一只孤鹜，不费多余的笔墨，就勾勒出一幅意韵悠长的秋日余晖图。“扃”即关闭，词人身在异乡，尽日闲坐，门庭深锁，眼见草木到了秋天仍未枯死，反而绿得郁郁葱葱，更勾起了他的惆怅伤怀。此句典出谢朓《酬王晋安》：“春草秋更绿，公子未西归。”若再追溯上去，源头应在《楚辞·招隐士》“王孙游兮不归，春草生兮萋萋”，暗含对远方之人的牵挂。下句进一步点出思念之情，“阿娇金屋”一句用汉武帝“金屋藏娇”之典，指代远方恋人的居所。词人厌倦了四处漂泊的生活，午夜梦回，思绪只在恋人处流连不去，可见思念之至。而“空疑风竹”句则化用李益《竹窗闻风寄苗发司空曙》一诗：“开门复动竹，疑是故人来。”词人与恋人别离之后，相思刻骨，时常想起她的音容笑貌，以至于风吹竹动都疑心是她的身影到来。沈际飞对这句评价极高，认为“一部《西厢》只此句”，虽未免有些过誉，但其表现手法确实别有韵致。上片所化用的谢朓及李益之诗，原本均表达对友人的牵挂之情，而在周邦彦笔下则变成对恋人的深深思念，较原诗更添一分婉约。

下片由实写转入虚写。“氍毹”即毛织之花毯，而“图障”乃绘图的屏风，“是处”即到处，“温燠”即温暖。词人想起塞北厚实的毛毯，想起江南秀丽的屏风，处处皆是暖意，对比眼前一片清冷的秋景，更觉孤寂凄凉。“花管”是绘有花纹的笔管，“云笺”则是印着云纹的信笺。词人研墨执笔，以精美的信纸写下旧日曲调以寄思念之情。但山长水远，音信隔绝，满纸相思无从投递，他也只能独自凭栏，黯然伤神了。温庭筠《病中书怀呈友人》诗中有“远目穷千里，归心寄九衢”句，明知对方与自己相隔千里，依然极目远眺，可见相思之深。“今夜长”句，以一声叹息作结：余晖散尽，夜幕即将笼罩大地，而没有恋人相伴，形单影只的自己，又该如何消磨这漫漫长夜？沈际飞评此句：“直吐真情，亦老。”前文重重铺叙，化用诗句，从不同侧面渲染相思，将感情积累到一定浓度后，结句直抒胸臆，孤寂悲凉之感倾吐而出，更见思念之情切，千载之下，令人动容。

（黄尽穗）

满路花

金花落烬灯，银砾鸣窗雪。夜深微漏断，行人绝。风扉不定，竹圃琅玕折。玉人新间阔，著甚情悰，更当恁地时节。　　无言欹枕，帐底流清血。愁如春后絮，来相接。知他那里，争信人心切。除共天公说。不成也还、似伊无个分别。

此词以寒冬长夜为背景，表达词人对远方恋人的思念，笔调婉转起伏，甚有意味。

上片由眼前之景起笔。“金花”比喻灯烛的金黄火焰，而“银砾”则是纷然飘洒的雪粒。在寒冷的冬夜中，词人坐于室内，独对一盏明黄的小小灯火，以及灯焰燃烧后留下的细细余烬，不发一言，而百无聊赖之情态尽显。窗外不是静悄悄飘落的雪花，却是纷乱敲打窗棂的雪粒，在如此安静的夜晚中听来更是惊心。而“漏”乃更漏，在夜间以滴水计时，点点水声引动词人的凄清寂寥之感，而望向窗外，路上丝毫不见人影，更突出了夜之深。“琅玕”原指似玉的美石，后亦用以描绘竹色翠绿如玉。院里门扉被吹得摇摇晃晃，时不时还传来竹子被折断的声音，虽未直接描写风雪，却直可令人想见风雪之盛。写到此处，冬夜之寒冷萧瑟已极，笔锋急转至内心描写。“玉人”原为美丽的女子，此处指代自己思念的爱人。“间阔”即久别，典出《汉书·诸葛丰传》：“间何阔，逢诸葛。”而“著甚情悰”句中，“著”尤言“有”，是宋词中常见用法，“悰”即欢情。此句叹自己与恋人别离已久，又恰逢如此漫长寒冷的冬夜，心中有何欢情可言？从写景突然转入写情，看似突兀，但“更当恁地时节”一句与前文的景物描写气脉贯通，又能自然引出下片的情感描写。陈洵《海绡说词》如是评论：“‘更当恁地时节’复上六句，后阕全写‘著甚情悰’。”对此句的承上启下作用分析得很是到位。

下片展开相思之情，先写自己独自倚枕，想起恋人，哀痛之极以至流泪。“清血”典出《韩非子·和氏》中，和氏的璞玉不被楚王所识，“乃抱其璞而哭于楚山之下，三日三夜，泣尽而继之以血”。词人在此处以“清血”形容眼泪，极言自己的哀痛之深。春日柳絮亦常常用以形容纷乱思绪与别离哀愁，而用在此处，在寒冬背景的对比之下更添一分凄凉。而词人想着远方的佳人，又忧心自己的满腔愁绪无法被对方感知，山长水远，她如何能明白自己的切骨相思！他几乎要对天起誓，想让天公替自己传达这份思念，但这终究是无法实现的幻想。再者，两人终究不能相见，就算让对方知道了这份情意，又能如何呢？面对这漫漫长夜，满室寂寥，词人最终也只能屈服于现实，幽幽叹一句：“不成也还、似伊无个分别。”此数句为纯粹的心理描写，将情感的跌宕起伏凝练在极短的篇幅中，用语浅近直白，相思之情却愈显深刻。清代贺裳《皱水轩词筌》中，认为此词“用意极浅，然愈翻则愈妙”。思念之情本是常见，但急欲让对方明白自己的情感，以至于激动得欲向天公倾诉，已可见思念之深。但情感再是急切，终究也不能跨越时空的距离，末尾“似伊无个分别”，一声长叹，其中蕴含了多少凄凉与无奈，细细咀嚼，愈发动人。

（黄尽穗）

【原文】

三部乐

浮玉霏琼，向邃馆静轩，倍增清绝。夜窗垂练，何用交光明月。近闻道、官阁多梅，趁暗香未远，冻蕊初发。倩谁摘取，寄赠情人桃叶。　　迴文近传锦字，道为君瘦损，是人都说。祆知染红著手，胶梳粘发。转思量、镇长堕睫，都只为、情深意切。欲报消息无一句，堪愈愁结。

上片起笔写雪，“浮玉霏琼”指雪花纷飞如飘浮的玉屑，这样洁净冰凉的雪花，在深广又寂静的轩馆中翩然飞舞，更显其清冷绝俗。“练”即白练，常用以描绘皎洁的月光。但在这样大雪纷飞的冬夜，自然是难见月亮的。然而，白雪皑皑，盈满夜窗，自有万般光华，又何须明月来照耀呢？唐代诗人姚合《咏雪》中有“与月交光呈瑞色，共花争艳傍寒梅”一句，词人此处反用其意，更突出雪色的纯白无瑕不逊于月色。“官阁”即官署，“官阁多梅”一句，化用自杜甫《和裴迪登蜀州东亭送客逢早梅相忆见寄》中的“东阁官梅动诗兴，还如何逊在扬州”一句，应非实指。由冬雪而想起梅花，趁着梅花的暗香尚未散去，娇艳的花朵刚刚绽开，词人欲从中摘取一朵，赠予远方的情人，以寄托相思之情。此处的“桃叶”并非指桃树之叶，而是人名。《乐府诗集·吴声曲辞》中有《桃叶歌》一首，《古今乐录》解说云：“晋王子敬之所作也。桃叶，子敬妾名，缘于笃爱，所以歌之。”可见周邦彦此处化用“桃叶”之典，实际上指代的是自己的恋人，亦以此表达了对她的深深爱恋。

下片接续“寄赠”句，叙相思之情。“迴文”即首尾回环之文，正读反读皆通，极见巧思。《晋书·列女传》中即有窦滔妻苏氏织锦为《迴文旋图》，以赠远谪夫婿的故事，其情凄婉，甚是动人。词人不得与恋人相见，只能精心雕琢文字，以纸笔寄托相思，又叙自己近来日渐消瘦，可见思念之切。“袄知”一句，张相《诗词曲语辞汇释》云：“袄知，犹云情知也。……着手、粘发云云，为相思不舍之象征，言情知其如此不舍也。”“染红著手”是以凤仙花点染指甲，而“胶梳粘发”则是写发丝缠绕梳齿的细节。此句似是想象恋人梳妆打扮的景象，极尽缠绵细腻，一举一动间都牵动相思之情。而词人以己度人，想象恋人独自对镜，思绪纷然之时，或许也在想念着自己，更是感伤。“镇”即“常常”，其意与“长”相近。一句“镇长堕睫”，描绘想象中恋人低眉敛目，泪珠顺着睫毛将落未落的时刻，其楚楚动人之致宛在目前，可见其“情深意切”。此句亦侧面烘托出词人对恋人的思念之深，只要一闭眼就能回忆起对方的音容笑貌。而末尾写自己想要向恋人报平安，略解其思念之苦，但山长水远，音讯隔绝，如此想来，心中又更添一个难解的愁结。

此词以梅雪起笔，但从“倩谁摘取”一句宕开写思念之情，愈写愈是伤怀，最后只能以“愁结”收尾，可见词人情切。

（黄尽穗）

红林檎近

高柳春才软，冻梅寒更香。暮雪助清峭，玉尘散林塘。那堪飘风递冷，故遣度幕穿窗。似欲料理新妆，呵手弄丝簧。　　冷落词赋客，萧索水云乡。援毫授简，风流犹忆东梁。望虚檐徐转，回廊未扫，夜长莫惜空酒觞。

《清真集》中有两首《红林檎近》，此调始于清真。毛本有小题《咏雪》，

【鉴赏】

《花草粹编》则题为《冬雪》，细读此词，虽以雪起笔，其意却不在咏雪，而只是写于某一冬雪之夜。据陈思《年谱》所考，其时当为周邦彦任溧水县令时，即元祐八年至绍圣二年（1093—1095）。

词的上片写雪景。"高柳春才软，冻梅寒更香。"柳树要到春天才会显其袅娜之态，而腊梅却在天寒地冻中愈发清香阵阵。未写雪，先写雪落之处，"高柳"之姿明明如"冻梅"一般是"刚硬"，亦即后句所言的"清峭"，却说"高柳春才软"，令读者脑海里不由自主先浮现出春日柳丝袅袅，与"冻梅"构成强对比，也造成强烈的心理落差，反衬出冬日之阴寒难耐。然后词人开始写"雪"，"暮雪助清峭，玉尘散林塘"。黄昏开始下雪，纷纷扬扬，散于林间，散于池塘，更助长这寒冬之清冷孤峭。日将暮时，天色渐阴渐暗，又不至黑到目无所见，正是沿着前两句所勾勒的阴寒之境，又浓墨添上几分厚重。"玉尘散林塘"描写天地间大雪纷纷扬扬的景色，用词上则化用何逊《和司马博士咏雪诗》："若逐微风起，谁言非玉尘。"清真词之醇雅，无处不可见。

"那堪飘风递冷，故遣度幕穿窗。"谁能忍受那寒风传来的阵阵冷意？所以才遣得它穿过朱户琐窗，度过帘幕重重吧？这两句描写雪花不仅散落于林塘，也被寒风吹进屋内。其笔法却是实中有虚，以"故"字安上一个似是而非的因果，其折射的是词人心中对这天寒地冻的不堪忍受。其时词人外放于溧阳，这不堪忍受之冷，是自然环境的冷，还是自身处境之冷？境由心生，许是两者皆而有之。

"似欲料理新妆，呵手弄丝簧。"顺着雪花"度幕穿窗"，便可见那室内之女子呵手驱寒的样子。呵手取暖，似要料理妆容，却又开始调弄丝簧。看似顺笔而写，细细斟酌却是虚晃一笔，这样的情景，更像是词人之想象。是他心中之所思所念之人吗？词人却戛然而止，将视角转回自身之处境。

词的下片，由观雪景转观自身。"冷落词赋客，萧索水云乡。"词赋客是自指,水云乡当指所在之溧阳县,言“冷落”、言“萧索”,其心境不言自明。“援毫授简,风流犹忆东梁”,其实是“犹忆东梁援毫授简之风流”,与前两句之“冷落”与“萧索”构成今昔对比,以往昔之风流突出今时之凄凉。一连四句,都化用了谢惠连的《雪赋》:“梁王不悦,游于兔园,乃置旨酒,命宾友。召邹生,延枚叟。相如末至,居客之右。俄而微霰零,密雪下。王乃歌《北风》于《卫诗》,咏《南山》于《周雅》。授简于司马大夫,曰:‘抽子秘思,骋子妍辞,侔色揣称,为寡人赋之。”周邦彦于元丰初因献《汴都赋》而得“神宗异之”,并“自太学诸生一命为正”,此词中自比相如为“词赋客”,实情理之内。而今却出为溧阳县令,其心里之“冷落”、“萧索”,亦可想而知。故上片“那堪飘风递冷”之“那堪”二字,实为全词之精魂。

最后,“望虚檐徐转,回廊未扫,夜长莫惜空酒觞”。“望”字领起两句八字,回到眼前之雪景,雪花辗转于檐间,轻盈而又缠绵,悠悠积于回廊,片刻便是厚厚一层。《后汉书》卷四十五《袁安传》:“时大雪积地太余,洛阳令身出案行,见人家皆除雪出,有乞者食。至袁安门,无有行路。谓安已死,令人除雪入户,见安僵卧。问何以不出,安曰:‘大雪人皆饿,不宜干人。’令以为贤,举为孝廉。”积雪不除,回廊未扫,以至令人以为死于家中,这是有多么冷落而萧索啊?“望”后两句,一动,一静,寥寥八字,便绘出一幅雪落无声苍茫一片冬夜大雪图。偏偏,这“望”字,又将这幅图化为图中图,境中境,将之推远,才能看见这伫立于夜雪中的那个人,冷落,萧索,一如这雪,一如这夜,每一根线条都诉说着无边的寂寞与抑郁。最后一句,词人将这身影显形化实:夜未央,雪未尽,且尽杯中酒,解我片时愁。酒可御寒,酒可解愁,“莫惜”二字,放纵邪?无奈邪?交给读者自去领会。

此词写“雪”而不止于“雪”,雪景与心境水乳交融,浑然一体。观其笔法,起句尤值一赞。沈际飞《草堂诗余正集》:“咏雪‘高’字有力,‘才’字有思,言雪时柳高而未软也,诗之兴体。”下片于用词上多处化用谢惠连《雪赋》，然融于全词意脉，全无斧凿之生硬痕迹，清真词“醇雅”之特色于本词中尤为突出。

（蔡凌华）

满江红

昼日移阴，揽衣起，春帷睡足。临宝鉴，绿云撩乱，未忺妆束。蝶粉蜂黄都褪了，枕痕一线红生玉。背画栏、脉脉悄无言，寻棋局。　　重会面，犹未卜。无限事，萦心曲。想秦筝依旧，尚鸣金屋。芳草连天迷远望，宝香薰被成孤宿。最苦是、蝴蝶满园飞，无心扑。

《满江红》一调，句脚几乎全是仄声，音节拗怒，声情激壮，一般适合于抒发豪壮慷慨的感情。此调在现存的唐五代及北宋初词中不见。宋人最早用此调的，当推柳永。《乐章集》中有《满江红》四首，内容为描写山水风光、抒发羁旅哀愁与表达作者对情人的思念三类。其中写山水、写羁愁的，境界阔大，感情沉郁，洵称佳构；而写恋情的那一两首却显得直露而粗糙，并非成功之作。此后，苏东坡、辛弃疾等改革派的词人利用这个词牌来恣意抒写政治情怀或人生感慨，创作了不少以阳刚之美见长的优秀篇章。流风所及，遂使几百年来作《满江红》词者，大多走激烈豪放一路。不过也有一些例外。作为苏东坡的后辈的柔丽派词人周邦彦，就偏用此调来抒写儿女私情。邦彦的集子里这首唯一的《满江红》词，以柔婉细腻的笔触，写千回百转的相思，特别是对女性的动态与心态的描摹，达到了惟妙惟肖的程

度。它的风格情调，既与苏、辛一派的豪壮激越迥然异趣，也与柳永同词调、同题材作品中那种直露和俚俗的写法大相径庭。南宋以后用《满江红》来写柔情者，大都不同程度地受了周邦彦这首词的影响。因此我们可以说，这首词是众多的《满江红》中的一种创格。

此词的中心，是写一个闺中女子春日萌发的思念情人的愁绪。全篇用代言体写成，辞藻富艳，色彩秾丽，刻画精细，并多处化用前人诗、词、文成句，却又毫无板滞堆垛之感，而是脉络井井，摇曳生姿，叙事言情极有层次。这些，都是典型的清真家数。词的上片，先写这个女子春日睡起的无聊情态。一上来“昼日移阴，揽衣起，春帷睡足”三句，以景衬人，写女子日高懒起。阳光已在闺房中移动阴影，则日上三竿，时间已晚可知。“揽衣”二句，暗用白居易《长恨歌》“揽衣推枕起徘徊”，和《自问行何迟》“酒醒夜深后，睡足日高时”。需要注意的是，所谓“睡足”，与白居易原诗中的“睡足”意思有些不同，它并非“睡饱了”、“睡得又香又甜”之意，而是指这位女子昨宵因相思而失眠，故早上精神倦怠，在床上磨蹭够了才慢慢地起来。接下来，“临宝鉴”三句，以女子起床后无心打扮的慵懒之状来透露她情丝繁乱的心理。“绿云”句，化用杜牧《阿房宫赋》：“绿云扰扰，梳晓鬟也。”“未忺”，不喜欢，不想之意。接下来“蝶粉蜂黄都褪了，枕痕一线红生玉”二句，继续铺写女主人公睡起之态。蝶粉蜂黄，指宫妆。李商隐《酬崔八早梅有赠兼示之作》：“何处拂胸资蝶粉，几时涂额藉蜂黄。”可证清真此处是写女子面部所施的脂粉。“蝶粉蜂黄都褪了”，指女子通宵转侧于枕上，宿妆因而尽褪，这与清真另一首词《凤来朝》中“残妆宿粉云鬟乱”之意略同。南宋罗大经《鹤林玉露》卷四引杨东山之语，以为这一句是用《道藏经》中“蝶交则粉退，蜂交则黄退”之意，并议“说者以为宫妆，且以‘退’为‘褪’，误矣”。自矜得其本源，实是好奇炫博之过。多义词应随文释义，不宜任取一训以当之。如此解说，失之穿凿，歪曲了周词原意。因为这里只是写独居女子睡起之态，丝毫没有

【鉴赏】

任何其他意思。这里描写睡起的模样十分细致逼真，所以明人王世贞《弇州山人词评》称赞说"枕痕一线红生玉"等句，"其形容睡起之妙，真能动人"。以上一大段"欲妆临镜慵"的渲染描绘，都是为了突出女子独居的苦恼，所以上片末又接以如下一个动态描写："背画栏、脉脉悄无言，寻棋局。"通过这个富有特征的细节，开始正面揭示女子的心理状态，为下片宣泄其相思之情埋下了伏线。这里融化杜牧《题桃花夫人庙》"脉脉无言几度春"和《子夜歌》"明灯照空局，悠然未有期（棋）"等句，微变其意而用之，自然贴切如自己所出，于此可见周邦彦利用前代文学语言材料创造新意境的高超技巧。

通过上片的一系列精致深刻的描写，女主人公的生活环境与特殊情态已给人以鲜明的印象，于是下片放笔言情，代这个女子倾诉出了满肚子不可遏抑的相思之苦。"以健笔写柔情"本是周邦彦的特技，这里既是采用声情激壮的《满江红》调，在抒情气势上就更显出了紧健充畅的优点。试看下片的一连串情语，其势真如水逝云飞，风驰电掣，令人读之回肠荡气，深深地为作者的抒情技巧所折服。换头的四个三字句："重会面，犹未卜。无限事，萦心曲。"句短而韵促，意悲而情切，以质直而重拙之笔突出全篇的情感内容。一切哀愁都是因为"重会面，犹未卜"而引发的，一切百无聊赖的行动都是由于"无限事，萦心曲"而产生的，因而这十二个字可以说是全阕的"词眼"。"重会面，犹未卜"，即承上片末句"寻棋局"的意脉而展开。接下来"想秦筝依旧，尚鸣金屋"二句，是作者的设想之辞，意思是说：在情人远离之后，想必你还照常在闺房中弹奏筝曲，向他表达内心的情愫；可是他远在天涯，你的一片心意他又何从理解呢？这一变换角度的虚拟之笔，使得对女子相思心理的刻画更深入了。下面的句子即承此意而来："芳草连天迷远望，宝香薰被成孤宿。"二句意思是说：女子想尽办法，仍不能排遣忧思；她登高远望，企图看见意中人，不料春草连天，视线为之遮断；只好重薰锦被，再受孤宿之苦。这里是一组工整流丽的对仗，它恰切而生动地写出了女子思远人而不见的痛苦。词写到这里，该用适当的语言结束全篇了。如果承“孤宿”之绪而再写女子茕独无依的室中处境，则这个结尾必定单调平直，没有韵味。作者笔头一转，由室内而至庭院，由环境渲染而转入心理描述，出人意表地以下列三句束住全篇：“最苦是、蝴蝶满园飞，无心扑。”这个心理表白含蕴十分丰富，大致说来，可以这么解说：眼下正是春光满园、百花竞放的时候，蝴蝶受春色引诱，纷纷而来，可女子见春色而增愁，不但无心扑捉蝴蝶，反而比锦帐孤眠之时更伤感了。这是因为，春色象征着美好的爱情，扑蝶更是消受春光的赏心乐事，当此情人天各一方之时，真是“良辰美景奈何天，赏心乐事谁家院”，她睹物而思人，哪还有心玩乐，感到的只是韶光易逝、欢会无期的巨大痛苦！这个结尾，将全篇的抒情推向了高潮，热情饱满而余味悠长，相思女子的形象至此而更加完美生动了。周邦彦的恋情词喜以炽烈朴厚的情语作结，这首词也是其中的一例。

（刘扬忠）

瑞鹤仙

悄郊原带郭，行路永，客去车尘漠漠。斜阳映山落，敛余红犹恋，孤城阑角。凌波步弱，过短亭、何用素约。有流莺劝我，重解绣鞍，缓引春酌。　　不记归时早暮，上马谁扶，醒眠朱阁。惊飙动幕，扶残醉，绕红药。叹西园已是花深无地，东风何事又恶？任流光过却，犹喜洞天自乐。

南宋王明清《玉照新志》卷二里，有一则关于这首词的记载，大意说：周

【鉴赏】

邦彦“自杭徙居睦州，梦中作《瑞鹤仙》一阕，既觉犹能全记”，但词中所写内容，连他自己也不能了解，后来遭逢兵乱，逃回杭州，所逢人物、事件，一一与该词切合，事后应验，人皆称奇。王明清的父亲王铚，是周邦彦晚年相交的一位朋友，周邦彦曾把这首词抄寄给他，所以前人曾根据《玉照新志》考证周邦彦的“遗事”。王明清所记梦中作词的事，不能说全属子虚，进行诗歌创作的时候，由于作者的思维活动非常集中，大脑神经一直处于兴奋状态，故而在睡梦之中，有时也能继续构思觅句，而且醒来犹能记得，这种事情是常有的。不过，说周邦彦梦中作百余字的长调，醒来所记一字不差，这就是夸张之词了。至于事后应验云云，则纯系迷信傅会，不值一驳。

周邦彦作长调，多写繁富的内容，叙事、写景、抒情又复错综交织，每每使读者感到头绪纷杂，索解为难，这一阕《瑞鹤仙》就属此类情况。为了便于了解这首词的内容，不妨先把它梳理如下：前一日，有郊原送客之事，黄昏时分回城，所识之歌妓劝以解鞍少憩，于是又成酣醉，醒来已是次日，扶残醉以赏花，又以东风无情，引出流光易逝之感慨。事件经过、时间顺序、人物关系就是这样。有的选本，给这首词加上“春游”的题目，显然并不确切。

首句“悄郊原带郭”作一四句法，于“悄”字处略顿，作为“领字”。前三句描写郊原送客的情景：郊外的原野映带着城郭，漫长的道路通向远方，客人已经乘车离去，留下了一片迷茫的烟尘，这一切，都显得静悄悄的。“悄”字既描摹景象，也传达心情。行人离去，若有所失，作者感到“悄然”，觉得心里空荡荡的。下面接着写孤城落日，借以抒发惜别之情。“斜阳映山落，敛余红犹恋，孤城阑角。”作者把落日斜晖称作“余红”，造语颇为新颖，又用移情手法，说斜阳对城楼上的一角栏杆恋恋难舍，迟迟不忍敛去它那微弱的光影。这样描写，就把作者的主观感情扩展开来，使得那种由送别而产生的依恋之情，一并笼罩于周围的客观景物，于是主客融为一体，全都沉浸在离别的愁绪之中。下面，笔锋转向人物，描写陪同送行的歌妓。“凌波步弱”是说她感到劳顿，用曹植《洛神赋》“凌波微步，罗袜生尘”作辞藻。“过短亭、何用素约”，是因她“步弱”而须小憩，因小憩而“过短亭”，因“过短亭”而遇“流莺”。故下有“流莺劝我，重解绣鞍，缓引春酌”之事。“流莺”者何？即作者相识的另一歌妓。短亭巧遇，即所谓“何用素约”——不用预先约好而“意外遭逢”（陈匪石《宋词举》说）。既相逢，因之应“流莺”之劝，又再下马饮酒。然而，词句的含义还不止于此。为什么要“重解绣鞍，缓引春酌”？这里面还包含一段心理活动的过程：由于劳顿，更由于离愁相侵，作者的情绪很不好，此时心想，与其满怀郁闷地径自归去，何如再饮几杯，以消愁烦？这正是作者能够接受歌妓劝说的心理基础，而且，歌妓的劝说之词又正是迎合着作者的心理提出来的，这又足见她的聪颖与“知情”。周邦彦的词，质实绵密，在凝练的词句中包含着多层次的丰富内容，而且各层次之间又是相互关联的，这几句就有这样的特点，所以它能够引人深入思索，咀嚼回味。

下片写次日酒醒以后的情况，笔致更加摇曳多姿。“不记归时早暮，上马谁扶，醒眠朱阁”，活画出乍醒时的惺忪迷茫心态。昨日之事，隐约记得，但并不十分清晰。什么时候来到这里？谁扶着自己上的马？想来都觉恍恍惚惚。待到“惊飙动幕”，一阵狂风吹动窗帏，也吹走了几分醉意，似乎清醒多了，但“残醉”仍未消尽。“扶残醉，绕红药”，流露着对春光的深切依恋之情，与欧阳修的“泪眼问花”（《蝶恋花》）异曲同工。有这样的深情，才能与下文的“叹”字连接得上，而“东风何事又恶”则紧承上文的“惊飙”二字，这种谨严缜密的结构，也是周邦彦词的一个特点。结句用“荡开去”的手法，把烦恼抛到一旁，求得自我宽解。南宋沈义父《乐府指迷》云“结句须要放开，含有余不尽之意”，此正与之合。“任流光过却”，也包含着一个心理活动的过程：先是惊叹春将归去，继而又对年华虚度感到惋惜，最后觉察到感慨悲伤之无济于事，才算想开了，终于得出“任凭它去吧”的结论。词里只把结论写出，而将推导的过程隐去，读来便觉“有余不尽”。“犹喜洞天自乐”，则含有“不得已而求其次”的意思，作者的内心深处，原来并不以饮酒赏花为乐事，似乎还有更高的理想追求，但在求之不得的情况下，也只好以此聊自宽慰了。词句之中含有难以明言的心事，读来自然也会感到“有余不尽”。“洞天”，是借用仙家字眼，把自己暂时休憩的北里青楼（“朱阁”）称作仙人的福地洞天。“犹”和“自”，用来表达复杂的心情和委婉的语气，也是颇能传神的。

（王双启）

西平乐

元丰初，予以布衣西上，过天长道中。后四十馀年，辛丑正月二十六日，避贼复游故地。感叹岁月，偶成此词。

稚柳苏晴，故溪歇雨，川迥未觉春赊。驼褐寒侵，正怜初日，轻阴抵死须遮。叹事与孤鸿尽去，身与塘蒲共晚，争知向此，征途迢递，伫立尘沙。念朱颜翠发，曾到处，故地使人嗟。　　道连三楚，天低四野，乔木依前，临路敧斜。重慕想、东陵晦迹，彭泽归来，左右琴书自乐，松菊相依，何况风流鬓未华。多谢故人，亲驰郑驿，时倒融尊，劝此淹留，共过芳时，翻令倦客思家。

周邦彦的词，多属“缘情”而非“言志”之作，此词是例外。宋徽宗政和八年，他得罪罢提举大晟府，出知顺昌府（今安徽阜阳），调知处州（今浙江丽水），未到任罢，奉祠提举南京（今河南商丘）鸿庆宫，居于睦州（今浙江建

德)。遇方腊起义,还杭州故里,又避兵渡江,暂居扬州。闻义兵已据两浙,将攻淮、泗,遂经天长(今属安徽),转赴南京。于宣和三年辛丑(1121)正月二十六日途经天长。当四十一年前,二十四岁的词人以布衣初入汴京,曾路过此地。旧地重游,词人感慨万分,因而写下此词及序。这时,北宋王朝已在暮年——亡于四年之后,词人的生命也已在暮年——就在本年卒于南京鸿庆宫斋室。此词作于时代与个人双重暮年的交叉点上。词人在向几十年的政治生涯告别。

起笔三句写天气的由雨而晴。细雨中,星星柳芽,含着雨珠,忽然映照出放晴的阳光。旧时游过的溪流,水面上,霎时雨花消失了。可是,正月里,辽阔的江北平原上,还感到春意未多。于是逗出下面三句,写气候的冷暖不定。料峭春寒,直透驼褐,语本于欧阳修诗"轻寒漠漠侵驼褐"。正好,初春的太阳出来了,来替人努力驱扫寒气吧,但是,轻云却拼命地把初日遮住,真是无可奈何。这三句把通常情景委婉写出,描绘老境不堪,令人不忍卒读。"叹事与"一句直至歇拍,从天气的阴晴冷暖,变幻不定,转写人生的今昔盛衰,变化无常,情景相衬,转换自然。"事与"句化用杜牧诗"恨如春草多,事逐孤鸿去"(《题安州浮云寺楼》),一笔带过四十余年情事,用"事逐"句而"恨如"句之意亦见。接入下句"身与塘蒲共晚"。李贺《还自会稽歌》序略云:"庾肩吾于梁时尝作《宫体谣引》,以应和皇子。及国势沦败,肩吾先潜难会稽,后始还家。"歌中云:"吴霜点归鬓,身与塘蒲晚。脉脉辞金鱼,羁臣守迍贱。"王琦注谓指庾肩吾"发白身老,不堪再仕,当永辞荣禄,守贫贱以终身"。词人夙擅文词,与庾肩吾同;此时年老失官,避兵乱间道奔走还南京又同,故用"身与塘蒲晚"一句,概尽李贺为庾肩吾"作《还自会稽歌》以补其悲"之意,借以自况。运前人成句只添一"尽"字、"共"字,语省而意丰,可见用典之妙,造语之工。"争知"即"怎知",下言此番长途远征,又经此地,凝神独立在风沙中,实出意料。不由人追念起初来时,是以布衣西

【鉴赏】

入都门，求取功名，正当红颜黑发的英年，而今地犹此地，人则已憔悴非复当年，令人无限嗟伤！这八句，领以“叹”字，结以“嗟”字，足见感喟之深沉。

换头四句，写眼前景物依旧。天长，位于古代东楚（三楚之一）的南北之交，平野寥廓，四望接天。“乔木依前”，“依前”应上“曾到处”，旧时所见乔木尚在；“临路敧斜”，则已非复昔日之挺然直立，比喻自己红颜黑发时曾到此地，今以颓唐暮齿，犹困于道途。合时地景物，上下片衔接过渡紧密。“重慕想”领起的五句，“重”，深、甚之意。借说深慕召平、陶潜以表己身出仕的自悔。召平原是秦东陵侯，秦破后，隐迹长安城东，种瓜为生。陶潜曾为彭泽令。他初次出仕为州祭酒，不堪吏职，不久辞职归里，州官召为主簿，亦不就，躬耕自活。其《饮酒》诗自述“畴昔苦长饥，投耒去学仕。是时向立年，志意多所耻。遂尽介然分，拂衣归田里”。“向立年”，未及“三十而立”之年，即词所云“风流鬓未华”的年纪。后来四十一岁时为彭泽令，又辞官还家，赋《归去来兮辞》。“左右琴书自乐，松菊相依”，即用《归去来兮辞》“乐琴书以消忧”和“松菊犹存”语。这几句主要用陶潜事，写及召平只是陪衬。陶《饮酒》诗也称美“邵生瓜田”的事，言通达知命的人了解荣枯寒暑代谢的至理，就将毫不犹豫地退隐。陶潜引召平为同调，故词中一并写入。美成仕途不达，宦移南北，晚年又避兵流离，故转生何不早隐之念，从慕想召、陶背面托出。下片两韵九句，从“道连三楚”至“鬓未华”，续写天长道中所见所感，含意深入一层。感前后两度经过的物我变迁，发“木犹如此，人何以堪”（桓温语）的嗟叹，兴“年一过往，何可攀援”（曹丕语）的悔恨。词序中的“感叹岁月”，至此收结。

词人饱经了宦海漂泊，神宗、哲宗、徽宗三朝的剧烈党争，尤其是目击了徽宗朝的黑暗政局，他产生对政治的厌倦，特别是对时局的隐忧，实无足为怪。“多谢故人”六句一韵，一气贯注到收尾，写天长故人殷勤好客，比得上西汉郑当时，郑曾安排车马至郊外迎送宾客；又比得上东汉孔融，融宾客盈门，曾叹道："坐上客恒满，尊中酒不空，吾无忧矣。"故人更热情挽留自己长住，共度春天。故人的盛意，使老年遭遇乱离的词人感激不已，可是最后，词人反而倍加伤感："翻令倦客思家。"前五句衬垫愈厚，这结句反跌就愈有力。事实上，江南故园既不可返，旧地重游更加难堪。词已尽，而言外苍凉之意无穷。

词中言志极可注意。词人在自己生命的暮年，同时也是北宋王朝的暮年，深情地尚友着两位古人，一位是亡国后晦迹民间的召平，一位是弃官归隐的陶渊明，这就透露出对当时政治局势的不祥预感，和对几十年政治生涯的厌倦。自徽宗亲政，重用蔡京，三十年来，北宋王朝日趋腐败，一步步走向倾危。即以词人此行所避的方腊起义来说，其导火线便是朝廷大兴花石纲之役，荼毒江南人民。正如王夫之所指出："宋至徽宗之季年，必亡之势，不可止矣！""无一而非必亡之势"，"国之靡定，不待智者而知也。"（《宋论》卷八）作为统治阶级的一员，词人不可能站在起义者一边，但是，作为一位正直敏锐的知识分子，他对当时的执政者却有清楚的认识。南宋周密《浩然斋雅谈》卷下记载："（徽宗）以近者祥瑞沓至，将使播之乐府，命蔡京微叩之，邦彦云：'某老矣，颇悔少作！'"证以词人"集中又无一首颂圣贡谀之作"（王国维《清真先生遗事》），周密所记词人不肯附和蔡京之事应当属实。所以，词中慕想召、陶之志并非虚语。词中所流露出对北宋王朝的不祥预感，则可以从词人的两首《西河》得到印证。两词中都充满了一种强烈的盛衰兴亡之感，一种山雨欲来的隐忧。这类词，在此前的北宋词史上尚未经见，它们是北宋王朝季世的哀歌，也只能产生于北宋季世。

此词在艺术上颇有特色。以描写、抒情而言，词人锐敏地捕捉住特定的景象，借以巧妙地映衬与之特征相似的情感，使情景有机地融为一体。如上片由天气的阴晴冷暖变幻不定，逗起人生的今昔盛衰变化无常，下片从故地乔木非复故态引出自己的老大徒悲之感，兴象自然，措意深微。化用前人诗语素为清真长技,此篇更其出色,上文已备述。同时,纵笔遣用了一系列感叹辞语,以加强喟叹的深沉感。如“未觉”、“正怜”、“抵死”、“叹”、“争知”、“念”、“嗟”、“何况”、“多谢”、“翻令”等等。读上来,便觉感喟无穷。词人所感喟的,不光是身世,也包含时世。以结构而言,则机杼井然,针线极密。上下片皆以景衬情,但上片言身世之感,下片言伤时之怀,意蕴层层深入,用笔并不重复。此词以言志的内容和苍凉的风格,在《清真集》中独标一格,不失为词人的暮年老成之作。

（邓小军　陈长明）

浪淘沙慢

晓阴重,霜凋岸草,雾隐城堞。南陌脂车待发,东门帐饮乍阕。正拂面垂杨堪揽结。掩红泪、玉手亲折。念汉浦离鸿去何许,经时信音绝。　　情切。望中地远天阔。向露冷风清无人处,耿耿寒漏咽。嗟万事难忘,唯是轻别。翠樽未竭,凭断云、留取西楼残月。　　罗带光销纹衾叠,连环解,旧香顿歇。怨歌永、琼壶敲尽缺。恨春去、不与人期,弄夜色,空馀满地梨花雪。

这首慢词共一百三十三字,朱彝尊《词综》选录之,且分作三叠。全词抒写离愁别恨,上片、中片都是回忆,下片才写到当前,由于时间的跨度较大,所以有的地方写的是秋景,有的地方写的是春景,但只要理出它的脉络,是不会感到抵牾的。

上片回忆当初离别时的情景,其时在秋季,故有“霜凋岸草”、“汉浦离鸿”等句。开头三句写景。“晓阴重”三字，分量显得很沉重，离别在清晨，其时漠漠穷阴，笼罩天地，造成了抑郁的气氛。岸草经霜枯萎，城堞被雾遮障。通过这些描写，把行者和送者那低沉怅惘的心情烘托了出来。以下几句叙离别之事。南陌、东门，只是泛说。脂车，车轴涂上了油脂，以示准备远行。帐饮，是临别的饮宴；乍阕，是刚刚结束的意思。“帐饮乍阕”指行人即将上路，马上就要分手的时刻。下面写到折柳送行人：“正拂面垂杨堪揽结。掩红泪、玉手亲折。”折柳送别，是我国的古老风习，也是诗词里常用的典故，“柳”与“留”谐音，送行者希望行人能够留下来，于是就攀折路旁的柳枝以表示这种心愿。《三辅黄图》：“霸桥在长安东，跨水作桥，汉人送客至此桥，折柳赠别。”值得注意的是，周邦彦这首词写折柳送别，并非单纯地搬用辞藻典故，而是采用旧有的材料重新加以铺排描述。杨柳凋落较晚，秋季，其枝条仍堪揽结攀折。“红泪”、“玉手”，并不完全是装饰性的辞藻。红泪，犹言血泪，这是用王嘉《拾遗记》所载薛灵芸的典故。言其悲伤之深切；玉手，除言其白皙柔美之外，亦喻纯洁的心灵。这几句生动的描写，使人物的心情、神态活现于纸上。上片写回忆，到此结束，以下两句，是叙述离别以后的情况。“汉浦离鸿”，喻指以前离去的行人，“去何许”，犹言去何方，言其远；“经时信音绝”，言其出行日久，且杳无信息，于是除了思念之外，更增添了一层悬挂担心的意思。

中片进一步把别后思念之情集中在一个夜晚，作充分的描述，其时亦在秋季，故有“露冷风清”、“西楼残月”等句。“情切”二字，直呼心声，它的分量也是很重的。登高眺望，唯见“地远天阔”，所念之人杳远难寻。这种意念高度集中的情况，说明了对行人思念之情的深切与专注。下面写到夜深人静时分独自悲伤涕泣，很是凄婉动人：“向露冷风清无人处，耿耿寒漏咽。”铜壶滴漏很像人的流泪，用作比喻很贴切。写到这种地方，感情只能通过意象来表述，故而只须点出“露冷风清”、“耿耿寒漏”的客观环境，万语

【鉴赏】

千言也诉说不清的离愁别恨，反而无须一字，就能表现。这可以说明，作者如果把客观意象描绘得成功，就能够把细致复杂的主观感情抒写出来。以下几句，都可看作是由此顺流而下的补充文字。“嗟万事难忘，唯是轻别。”这两句表述了一种特定的心理感受，由于深谙离别以后的痛苦，从而导引出了一种悔恨的念头，觉得当初的离别太轻易了，悔不该随便地分手。“翠樽未竭，凭断云、留取西楼残月”几句，则全用比喻联想，表示能够等待到行人归来的一种信念。杯中酒未空，待归来重酌；断云仍在空中飘荡，让它缠带住西天的残月不要落下，我好举目相对，寄托相思：这些事物，似乎都变成可以令人聊以慰情的了。

直至下片，才写到当前，其时在春季，词中已直接点明。经过了离别，经过了思念，到如今，仍然没能等得行人归来，自然产生了“怨”和“恨”的心情，这两个字，也是词中直接点明了的。下片一开始就连续列举了五种遭到破坏的美好事物：“罗带光销”，丝织的衣带失去了光泽；“纹衾叠”，花色美丽的被子弄得折皱了；“连环解”，本来连为一体的玉连环被分解开了；“旧香顿歇”，用韩寿的典故，晋人韩寿为司空贾充掾吏，充女贾午悦之，密窃西越所贡奇香，遗以定情，见《晋书·贾充传》，意谓情人所赠的香已经失去了芬芳。“怨歌永、琼壶敲尽缺”，哀怨的歌子唱得时间太长，随着拍子敲打唾壶，把壶都敲得残缺了。这是用王敦的典故。王敦常于酒后，咏曹操“老骥伏枥，志在千里。烈士暮年，壮心不已”诗句，即以所持如意打唾壶，壶口尽缺，见《世说新语·豪爽》。五个比喻，诉说了离别之苦对人的无情折磨，表示了怨恨的深重。这种一口气连续打几个比喻的写法，很像我国旧小说里所说的“连珠炮”、“车轮战”，能够发挥很大的“攻击力量”，这种写法，在诗里已有人采用（如韩愈的《听颖师弹琴》、苏轼的《百步洪》），在词里却较罕见。接着，作者把思绪归结起来，发出了“恨春去、不与人期”的怨言。不与人期，意即不与人预先知会，于是转而恨春，表达了一种痴顽的、无可奈何的心情。结句“弄夜色,空馀满地梨花雪”,用具体的梨花落满地以象写“春去”。梨花色白,故可与雪互喻。岑参《白雪歌》“忽如一夜春风来,千树万树梨花开”,是以梨花喻雪;南朝梁萧子显《燕歌行》“洛阳梨花落如雪”、温庭筠《太子西池》“梨花雪压枝”,是以雪比梨花。“弄夜色”者,如王安石《寄蔡氏女子》诗之“积李兮缟夜”(李花亦白色。缟夜,使黑夜生白)。杨万里《读退之李花诗》有句云“远白霄明雪色奇”,可为周词注脚。此两句恨春去匆匆,只留下满地梨花如雪,怨之极矣。耐人寻味的是,此时此际,对于春夜落花这一眼前的客观景象,怎么竟然产生了这么多的怅恨呢?原来,这正是主观感情处于空虚状态时的一种特定的心理反映。怨恨行人不归,最终也无济于事,故而心绪也就转觉空荡荡的了。但是,空虚并不等于轻松,所以这首词写到结尾,仍然给读者以沉甸甸的感觉。

“恨别”之类,本是宋词里最常见的题目,写来容易流于一般化,而周邦彦这篇长调,却有它的特点。作者把有关题材搜罗到一起,铺排开来,作多层次、多角度的描写,显得饱满充实,细致而全面。随着时间的伸延,人物的思绪也显示了发展变化的轨迹,离别、思念、追悔、期望、怨恨、空茫,几个阶段展现了一个完整的过程。这两个主要特点,又正是作者善于运用长调这种形式的结果。

(王双启)

忆旧游

记愁横浅黛,泪洗红铅,门掩秋宵。坠叶惊离思,听寒螀夜泣,乱雨潇潇。凤钗半脱云鬓,窗影烛光摇。渐暗竹敲凉,疏萤照晚,两地魂消。　　迢迢。问音信,道径底花阴,时认鸣镳。也拟临朱

【原文】

户，叹因郎憔悴，羞见郎招。旧巢更有新燕，杨柳拂河桥。但满目京尘，东风竟日吹露桃。

清真这首《忆旧游》是怀人词。据现有资料，词调即清真创制。词情与调名是一致的。怀人之作在清真词中虽然习见，却总是给人光景常新之感。究其原因，实在于“清真深致能入骨”（况周颐《蕙风词话》卷三）。

“记愁横浅黛，泪洗红铅，门掩秋宵。”劈头一个“记”字，起笔便突出了词人记忆常新之深情，从而领出临行前与情人话别的那番情景。情人愁锁眉黛，泪洗脂粉。门掩着，两人相对，千言万语归于无言，默默出神。那秋夜，格外静。“坠叶惊离思，听寒螿夜泣，乱雨潇潇。”只听得秋叶坠地之声，寒蝉凄厉之泣，遂把愁人从默默出神之中惊醒。满天乱雨潇潇，更撩起无穷的离愁别绪。“离思”之“思”，名词，念去声。寒螿，即寒蝉。“凤钗半脱云鬓，窗影烛光摇。”鬓边凤钗已半脱，则情人临歧抱泣之状可以想见。烛光摇动窗影，也刺激着词人锐感的心灵。本来，剪烛西窗乃团圆之传统象征。可是眼前这窗影烛光，却成为远别长离的见证，岂不令词人暗自伤心！此情此景，叫人如何忘得了。每一细节的犹新回忆，在在都体现着词人的一往情深。“渐暗竹敲凉，疏萤照晚，两地魂消。”歇拍这三句，将词境从深沉的回忆之中轻轻收回到现在。渐，宋时口语，犹言正、正是，“渐”字领此四言三句。暗竹敲凉，南宋陈元龙注引杜甫诗“风竹冷相敲”，可见有出处，不过今本杜诗无此句。两地魂消，化用江淹《别赋》：“黯然消魂者，唯别而已矣。”此时，正夜色沉沉，凉风敲竹铿然有声，一点流萤划破夜色。夜，静极，暗极，见得词人之心，正是凄寂之极，沉重之极。多情锐感的词人，遥想远方之情人，此时此刻必正是相思入骨，两人异地，一样魂消。末句虽借用《别赋》语，却化为自己之一番奇特想象，以虚摹而挽合两地人我双方，词境顿时远意无限。自《诗经·陟岵》之后，历代诗词用此手法者，真纷如璎珞，词中如孙光宪《生查子》“想得玉人情，也合思量我”，及韦庄《浣溪沙》“想君思我锦衾寒”。然而清真此句却惟觉其新，不觉其旧，原因只在情真。人类之真性情是长青的。

“迢迢。”换头短韵二字，而意境遥深。它紧承“两地魂消”而来，又引起下边的音信相问，遂将歇拍之想象化为具体，把两地相思情景融为一境。运思下笔极有灵气。“问音信，道径底花阴，时认鸣镳。”两地相思既深，自会音书相问。情人音书如何？说的是：时时来到小径里、花阴下，辨认门外过路的马嘶声。底，宋人口语，犹言里。镳，马勒，指马，鸣镳即马嘶。马嘶不言听而言认，即辨认声音。以视觉之字代听觉，妙。此一细节见得女子对情郎行踪声息之熟悉，富于生活气息，又妙。下边继续诉说。“也拟临朱户，叹因郎憔悴，羞见郎招。”上边径里花阴时认鸣镳，尚是足不出户（院门），这里则说，也想到朱门边去候望，可是又自伤憔悴，怕被郎招。因郎憔悴，何又怕见郎？这分明是怨其不归的气话。怨之至极，正见得相思之入骨。此二句借用元稹《会真记》里莺莺诗“不为旁人羞不起，为郎憔悴却羞郎”，宛然女子口吻。“旧巢更有新燕，杨柳拂河桥。”又从女子一面写回自己一面。此二句暗用韩偓《香奁集·春昼》诗：“藤垂戟户，柳拂河桥。帘幕燕子，池塘伯劳。”旧巢更来新燕，杨柳又拂河桥，则从彼秋宵至此春天，别离久矣。韩偓此诗系写相思，又云：“肤清臂瘦，衫薄香消。”正是“因郎憔悴”。又云：“河阳县远，清波地遥。丝缠露泣，各自无憀。”正是“两地魂消”。显然此词之借用韩诗，是融摄其整个诗意，非一般挦扯古人辞句者可比。“但满目京尘，东风竟日吹露桃”，上句显用陆机《为顾彦先赠妇》诗：“京洛多风尘，素衣化为缁。”下句，暗用李义山《嘲桃》诗：“无赖夭桃面，平明露井东。春风为开了，却拟笑春风。”冯浩注：“原与《高花》接编。”二诗实为寓意相同之一组诗。《高花》明白易懂：“花将人共笑，篱外露繁枝。宋玉

【鉴赏】

临江宅，墙低不拟窥。”原来，结笔二句是向女子报以衷情：京华风尘满目，夭桃秾李成天招展，但我心有专属，终不为京尘所染，且不为夭桃所动也。真是雅人深致，一结厚重有余。

此词艺术造诣有三点特色。第一是意脉结构盘旋错综，虚实相生，出神入化。上片前八句回忆故地秋宵临别情景，回忆是虚，情景则实，虚中有实。歇拍三句为京华相思现境，是实，但遥想至两地魂消，则实中有虚。换头七句由己及彼，从音书相问道出女子相思情景，其非眼前是虚，其情其境则实。结笔四句翻回京华现境，又由虚返实。全幅词境将过去与现在，此地与彼地，实写与虚写，浑然打成一片。意脉结构极盘旋错综之致，意境也极遥深全整之妙。读罢足有千变万化归宗于圆满之一份美感。第二是声情与词情妙合一体。清真精通音乐与声律，此词是其创调，声律精妙，不可不察。此调韵脚凡九字：宵、潇、摇、消、迢、镳、招、桥、桃，属平声萧、豪两韵部(词可通押)，其声高亮。此调共六个领格字：记、听、渐、道、叹、但，全用去声，审音精严。去声“由低而高”，为高音(吴梅《词学通论》)，尤其“名词转折跌宕处多用去声，非去则激不起”(万树《词律》)。同时，此调句脚颇多连用平声字，如铅与宵连，阴与镳连，尘与桃连，声调又有趋于低沉之一负面。全调韵脚、领字与句脚之声律，整合构成为一部以高亮之音调为主、以低沉之音调为辅的乐章。这与此首怀人词中所发舒的高情与离悲，真是妙合一体，相得益彰。试回环雒诵，足有荡气回肠之美。第三是用典达到沦肌浃髓不着痕迹，如从自己肺腑中流出的境界。特别是旧巢二句暗用韩偓诗意，深化年光流逝两地魂消之情，结笔暗用义山诗意，隐喻自己用情之专一执着，皆极精切，又极自然，几乎无迹可求。郑文焯《与朱彊村论词书》云“美成隶事属文，有羚羊挂角之妙，盖托诸隐秀也”，洵为知言。古典今用臻于沦肌浃髓之境界，可见宋人文化造诣之深湛。

(邓小军)

【原文】

少年游

朝云漠漠散轻丝，楼阁淡春姿。柳泣花啼，九街泥重，门外燕飞迟。　　而今丽日明金屋，春色在桃枝。不似当时，小楼冲雨，幽恨两人知。

北宋初期的词是《花间》与《尊前》的继续。《花间》《尊前》式的小令，至晏幾道已臻绝诣。柳永、张先在传统的小令以外，又创造了许多长词慢调。柳永新歌，风靡海内，连名满天下的苏轼也甚是羡慕"柳七郎风味"(《与鲜于子骏书》)。但其美中不足之处，乃未能输景于情，情景交融，使得万象皆活，致使其所造情景均并列如单页画幅。推其原故，盖因情景二者之间无"事"可以联系。这是柳词创作的一大缺陷。周邦彦"集大成"，其关键处就在于，能在抒情写景之际，渗入一个第三因素，即述事。因此，周词创作便补救了柳词之不足。读这首小令，必须首先明确这一点。

这首令词写两个故事，中间只用"而今丽日明金屋"一句话中"而今"二字联系起来，使前后两个故事——亦即两种境界形成鲜明对照，进而重温第一个故事，产生无穷韵味。

上片所写乍看好像是记眼前之事，实则完全是追忆过去，追忆以前的恋爱故事。"朝云漠漠散轻丝，楼阁淡春姿。"这是当时的活动环境：在一个逼仄的小楼上，漠漠朝云，轻轻细雨，虽然是在春天，但春天的景色并不秾艳。他们就在这样的环境中相会。"柳泣花啼，九街泥重，门外燕飞迟。"三句说云低雨密，雨越下越大，大雨把花柳打得一片憔悴，连燕子都因为拖着一身湿毛，飞得十分吃力。这是门外所见景象。"泣"与"啼"，使客观物景染上主观情感色彩,"迟",也是一种主观设想。门外所见这般景象,对门内主人公之会晤,起了一定的烘托作用。但此时,故事尚未说完。故事的要点还要等到下片的末三句才说出来。那就是:两人在如此难堪的情况下会晤,又因为某种缘故,不得不分离。"小楼冲雨,幽恨两人知"。"小楼"应接"楼阁",那是两人会晤的处所,"雨"照应上片的"泣"、"啼"、"重"、"迟",点明当时两人就是冲着春雨,踏着满街泥泞相别离的,而且点明,因为抱恨而别,在他们眼中,门外的花柳才如泣如啼,双飞的燕子也才那么艰难地飞行。这是第一个故事。

下片由"而今"二字转说当前,这是第二个故事,说他们现在已正式同居:金屋藏娇。但这个故事只用十个字来记述:"丽日明金屋,春色在桃枝。"这十个字,即正面说现在的故事,谓风和日丽,桃花明艳,他们在这样一个美好的环境中生活在一起;同时,这十个字,又兼作比较之用,由眼前的景象联想以前,并进行一番比较。"不似当时",这是比较的结果,指出眼前无忧无虑在一起反倒不如当时那种紧张、凄苦、抱恨而别、彼此相思的情景来得意味深长。

弄清楚前后两个故事的关系,了解其曲折的过程,对于词作所创造的意境,也就能有具体感受。这首词用笔很经济,但所造景象却耐人深思。仿佛山水画中的人物:一顶箬笠底下两撇胡子,就算一个渔翁;在艺术想象方面未受过训练的人,是看不出所以然的。这是周邦彦艺术创造的成功之处。

(吴世昌)

渔家傲

灰暖香融销永昼。蒲萄架上春藤秀。曲角栏干群雀斗。清明后。

风梳万缕亭前柳。　　日照钗梁光欲溜。循阶竹粉沾衣袖。拂拂面红如著酒。沉吟久。昨宵正是来时候。

爱情本是清真词乐章的主旋律之一。然而爱情的艺术表现在清真集的许多篇章中，则给人以日新又新之感。清真词的艺术魅力正在于此。这首描写初恋的词作，就颇有独到之处。

上片写的是现境。“灰暖香融销永昼”，词境展开于室内。词中男主人公面对香炉，炉中，香料一点一点地销为暖灰，袅为香气，暖香盈室。漫长的白昼，一点一点地流逝着。他显然在深长地体味着什么。“销永昼”三字，春日之深永，与情思之深永，交融而出。词境是安谧温馨溶溶泄泄的。后来李清照《醉花阴》词“薄雾浓云愁永昼，瑞脑销金兽”与此相似，但那是写愁闷，这是写欢愉，读下句便更其明显。“蒲萄架上春藤秀。”人物的视境转至窗外。下一“秀”字，窗前初生新叶的葡萄架上，顿时便春意盎然。这番明秀景致的观照，把欢愉的心情充分映衬出来。上句写春日之深永，此句写春色之明秀，皆是静景，下句则写动景，视境展向院子里。“曲角栏干群雀斗”，下一“斗”字，写尽鸟雀之欢闹，既反映出其心情之欢愉，又反衬出所居之静谧，从而进一步暗示着那人此时情思之深永。下边两韵，将词境推向更加高远。“清明后。风梳万缕亭前柳。”清明后，点时令，时当三月中，同时也是记下一个难忘的时间。歇拍描绘春风骀荡，柳条万缕婆娑起舞于碧空之中，笔致极为明秀欢快。他究竟为何如此愉悦呢？揭示内蕴，是在下片。

过片以下三句是追思实写，即不用忆、念一类领字，直接呈示回忆中情景。“日照钗梁光欲溜。”一道明亮的阳光照耀在这位女子的钗梁上，流转闪烁。这一特写是真实的，它逼真地反映了初次见面的深刻印象。但又是别出心裁的，它比描写美目转盼更富有暗示性象征性，它启示着女子的美丽和自己感受的强烈而不可磨灭。全篇有此一句,精神百倍。"循阶竹粉沾衣袖。"沿阶新竹横斜,当她迎面走来时,竟不觉让竹粉沾上了衣袖。这一描写,暗示出女主人公内心的激动。正是因为如此,她甚至于"拂拂面红如著酒"。其实,她是因初次相会的喜悦、幸福还有羞涩而陶醉了。那么,这次相会究竟是在何时呢?"沉吟久。昨宵正是来时候。"原来,相见就在昨日里。沉吟久,不仅将上边逼真如在眼前的情景化为回忆,而且交代了上片永昼情思的全部内容。今日整整一天,他都沉浸在欢乐的回忆中,足见他与女主人公一样因爱情而陶醉。词情至此,已将双方的幸福之感写出,意境臻于圆融美满。

论艺术造诣,这首词有三点特色。第一,是结构的大开大阖。上片是现境,过片以下三句是追思实写,结二句又收回现境,同时又挽合着昨日相见的回忆。情节既错综往复,词情便动荡变化。这样的结构,有力地表现着男主人公心情的激动。结构的大开大阖,情节的错综安排,原是清真词的一大本领,但多运用于长调,像这首小令也具有这一特色,更是可喜。第二,是意境兼有开朗而又含蓄之妙。词境由室内而窗外,而院落,再推向春风杨柳的空间,一步步开放。开放的词境,体现了人物开朗的心态,欢愉的心情。欢愉之情既然融化于境象之中,蕴而不露,便有含蓄之妙。上片所写一事一物一片风景,无不表现着人的深深喜悦。初恋之人,心眼所向,万物生辉,这也是人之常情。有了上片今日回忆时情境的衬托,则下片所回忆的昨日相会,其印象之深刻、感受之强烈,就更为突出。第三,是炼字的神韵而自然。尤其是次句之"秀"字、三句之"斗"字、六句之"溜"字,炼于韵字上,既传出意境、人物之神韵,又增添了声情的美听。这些炼字都不见用力的痕迹,炼而不显得炼,归于自然。比起后来一些南宋词人矜奇斗巧的炼字,便有天工与人巧之分。

(邓小军)

【原文】

望江南

游妓散，独自绕回堤。芳草怀烟迷水曲，密云衔雨暗城西。九陌未沾泥。　桃李下，春晚未成蹊。墙外见花寻路转，柳阴行马过莺啼。无处不凄凄。

谭评《词辨》于欧阳修《采桑子》首句“群芳过后西湖好”旁批曰“扫处即生”，正可移用。猛下“游妓散”三字，便觉繁华过眼而空，笔力竟直注结尾矣。以下步步逼紧，直逼出“无处不凄凄”之神理来，一首只是一句，一句只是一感觉。有以简为贵者，盖唯简则明，积明斯厚，故贵简也。

“芳草”句以下全系写景，烘染之笔。“怀”、“迷”、“衔”、“暗”，下得极精稳，可悟炼字之法。设圈去之，“芳草□烟□水曲，密云□雨□城西”，在四字之外另想四字，得乎不得乎？固知一字千金，为不虚也。如“芳草怀烟迷水曲”，原难释以口语，而径观本文，固最分明；若以“怀”、“迷”二字为不甚可解而易之，虽更近于白话，而其境界反令读者想象不出。故知原句似晦而实明，臆改之句，似明而终晦也。凡遇此等处，均宜细心体会其唤起之心象如何，不可梗一流俗之见，以为衡量之准。

“芳草”三句写尽天阴欲雨，春寒中人。下“衔”字、“暗”字，雨意垂垂已在眉睫之间，复以“九陌未沾泥”略略一挑，所谓“万木无声待雨来”，虽境界不复尽同，而亦正堪融会。须知真下了雨，下雨何奇之有，便失却了紧张味。结尾挑起，似宽放出一句，而实紧追了一句，文心细甚。

过片典出《史记·李将军列传》赞。汲古阁本“未”作“自”，误。词中不忌重字，上云“未沾泥”，下云“未成蹊”，固不相妨耳。夫桃李甜美，人孰不

【原文】

爱吃，虽标语未贴，口号不呼，其下明明无路，而自然慢慢会有，故曰："其实存也。"春晚矣，犹未成蹊，"似这等荒凉地面"，信步行来，真成孤迥。见花而寻路，是无路也，行马而莺啼，是无人也。句句摹景，句句含情，未轻点一"凄凄"，以"无处不"三字重压之，便全神俱活，而款款欲飞。

（俞平伯）

浣溪沙

日射敧红蜡蒂香。风干微汗粉襟凉。碧纱对掩簟纹光。　　自剪柳枝明画阁，戏抛莲菂种横塘。长亭无事好思量。

这首词的前五句，描绘词人与情侣夏日一起避暑的景象。清晨，日射纱窗，照在敧斜的红烛之上，蜡蒂散发出余香。晨风吹拂，微汗渐收，使人感觉到一阵惬意的凉爽。纱窗对掩，簟纹光洁，室中人早凉酣睡之后，恐怕刚刚起身梳洗吧。这几句以精致的笔触，描绘出一幅室内小景，而一对甜蜜恋人的身影自在其中，正如《草堂诗余正集》所评："'粉襟'句画出佳人。"亦如俞陛云《宋词选释》所评："此为闺中逭暑之作。先言室内，虽仅言粉襟纹簟，而丽影已绰约其间。"这几句确有一种朦胧美，敧红蜡蒂，粉襟纹簟，均在熹微晨光笼罩之下，隔一层碧纱窗而隐约见之，使人产生无限遐想。

过片二句，由室内而之室外，由静而之动。柳枝繁密，画阁显暗，故稍加修剪以明之。莲菂（dì），即莲子。莲菂在手，把玩之余，戏抛横塘以种之。戏抛莲菂这个动作，南朝乐府及唐五代宋词中比较多见，常常显示出青年女子的悠闲、活泼，有时也包含某种情感活动，如皇甫松《采莲子》“无端隔水抛莲子，遥被人知半日羞”，便是情窦初开的少女表示爱慕的一种试探。而“戏抛莲药种横塘”这个动作，也有可能包含一种美好的憧憬，或如纳兰容若《四时无题诗十六首》其六所写：“戏将莲药抛池里，种出花枝是并头。”自剪柳枝，戏抛莲药，这两个动作，因为都有情侣陪伴在身旁，甚或是两人共同完成，因此显得格外甜蜜，格外温馨，正如俞陛云《宋词选释》所评：“后半言室外，剪柳抛莲，写出闲雅之致。”

至此，词的前五句已经为读者描绘出室内室外雅致清新的两幅画面，令人赏心悦目。但更为巧妙的还是结句，俞陛云《宋词选释》评曰：“结句以含蕴出之，尤耐寻挹。”这是就韵味而言。我们觉得，还可以就结构而言之。我们记得，对于美成《拜星月慢》(夜色催更)一词，周济评曰：“全是追思，却纯用实写。但读前阕，几疑是赋也。换头再为加倍跌宕之，他人万万无此力量。”(《宋四家词选》)比较下来，对于这首《浣溪沙》，我们也可以说：全是追思，却纯用实写。但读前五句，几疑是赋也。不同于《拜星月慢》(夜色催更)的是，这首《浣溪沙》不是“换头再为加倍跌宕之”，而是另辟蹊径，只用结末一句点醒，便将以上五句所写的甜蜜温馨的情侣生活统统化为过眼烟云。原来，由于某种难以言说的原因，词人不得不告别心爱的情侣，离开画阁、横塘，独自登上了羁旅行役之途。此时，小憩长亭的词人，正在细细思量、细细回味与情侣共同度过的那一段美好时光……

乔大壮评此词：“夏词颇见新意。”(《乔大壮手批〈片玉集〉》)其新意就在于：它不是一般地描绘夏日景象，而是融情入景，然后又让此情此景成为保存在自己心底的一份美好的回忆。

(赵山林)

【原文】

浣溪沙

雨过残红湿未飞，疏篱一带透斜晖。游蜂酿蜜窃香归。　　金屋无人风竹乱，衣篝尽日水沉微。一春须有忆人时。

这是一首抒写闺中怀人的小词。

上片写屋外景物。这是一个暮春的傍晚，一场春雨刚过，枝头的几朵残红被雨水沾湿了，还没有随风飞散凋落；一带疏篱，透过了星星点点的斜晖。“残红”点明春暮，“斜晖”点明日暮。春残、日暮，再加上暂留枝头的残红、转瞬即逝的斜晖，这一切物象，对于一个在怀人的寂寞期待中消逝着青春岁月的闺中人，自会引起很深的枨触。

上两句写静物，接下来一句转写活动中的事物：“游蜂酿蜜窃香归。”游蜂采花酿蜜，本身就标志着春天的活泼生机和散发着欢乐的青春气息；它在傍晚时分窃香满载而归，更标志着春天的收获和美好的归宿。这对于向往着青春欢乐的女主人公来说，又是一种撩拨和刺激。“窃香”二字，还包蕴着某种爱情上的暗示。如果说，前两句是用春残日暮的景象正面烘托，那么这一句便是用富于活力的物象反面衬托。手法不同，目的却是一致的。

“金屋无人风竹乱，衣篝尽日水沉微。”过片两句，从屋外过渡到屋内。“金屋”暗用金屋藏娇的典故，暗示女主人公的身份可能是贵家姬妾一流。衣篝，指熏衣的罩笼；水沉，指沉水香，一种名贵的香料。傍晚时分，整个屋宇庭院，空寂无人，唯见微风起处，竹影参差摇曳。这静中之动，越发衬托出了金屋的静悄与寂寞。屋子里面，燃着沉水香的熏笼，因为已经熏燃了一整天，只剩下了一丝丝似有若无的香烟。这景象，透出了金屋永日的寂静和女主人公意绪的索寞无聊。“乱”字、“微”字，还让人联想到女主人公心情的不宁和思绪的涩滞。

前面五句，从屋外到屋内，通过层层铺叙渲染，已经创造出一个充满寂寞无聊、空虚怅惘气氛的环境，困居金屋的女主人公的伤春意绪也隐然可触，结句势必要归结到女主人公身上，而且似乎必用重笔方能有力地收住。但出乎意料的是，作者在这里并没有直接让女主人公出现，只用作者的口吻侧面虚点，还采用了“一春须有忆人时”这种带有猜度意味的轻软笔意，仿佛说：处在这样空寂的环境里，金屋中人在整个春天总该会有怀人的时候吧。明明是必然会有，却故意用或然的口吻；重意轻点，内容与形式似乎不协调，却反而更加让人感觉到这轻点所蕴含的感情容量。微婉含蓄的表达方式在这里得到了重笔直抒所不能得到的效果。这一收束，与前面的含蓄笔法也构成了和谐的统一。

（刘学锴）

浣溪沙

楼上晴天碧四垂，楼前芳草接天涯。劝君莫上最高梯。　　新笋已成堂下竹，落花都上燕巢泥。忍听林表杜鹃啼。

这是一首抒写乡情的令词。关于它的作者，有两种说法。明人毛晋在《诗词杂俎》中属之李清照。《古今词统》、《历代诗余》并主此说。然而刊于宋末的陈元龙注《片玉词》即已登录。比这更早一些，在方千里、杨泽民所作两种《和清真词》以及陈允平的《西麓继周集》中，并依韵步和。看来断为

【鉴赏】

周邦彦作,应无问题。

风致深婉,是这首词的基本特色。深,指感情的沉挚;婉,指措语的蕴藉。这在词里体现得非常显著。发端两句,就已吐属不凡。“楼上”句,一笔勾出一幅高远清旷的画面:晴朗的天空在远处与四面地平线重合而融进无尽的碧色里。一个“垂”字能在人们心头唤起一种自高而下的辐射状的空间之感来。韩偓《有忆》诗“泪眼倚楼天四垂”,为其所本。而易“天”为“碧”,更觉韶秀倩丽,雅称词体了。“楼前”句中之“芳草”,指道路。以草色喻离情,始于《楚辞·招隐士》之“王孙游兮不归,春草生兮萋萋”。白居易的“远芳侵古道,晴翠接荒城。又送王孙去,萋萋满别情”(《赋得古原草送别》),则把它同驮载征轮马足的道路联系起来。此处化用香山诗意,以接天的芳草借指通向故乡的道路,这比直用“归路”字样要更蕴藉,也更富于形象美。读者又不难从“芳草”上联想到“青青河畔草,绵绵思远道”的悠悠离情,以及“春草碧色,春水渌波,送君南浦,伤如之何”的黯然别绪。李煜的“离恨恰如春草,更行更远还生”(《清平乐》),范仲淹的“山映斜阳天接水,芳草无情,更在斜阳外”(《苏幕遮》),种种乡愁旅思,似乎都融进这芳草天涯的低吟密咏中来了。典故用得好,确实能增大诗词的密度和加深蕴藉的思致。“劝君”句是自言自语的独白。用在上片结句,尤觉微婉。劝你莫要攀登高楼的顶点吧。为什么呢?不是“远望可以当归”吗?正是由于怕触动这无法排遣的乡心,才不敢凭高眺远啊。这是翻进一层的手法,却吞去后半不予点破,欲落不落之笔,片玉清才,往往委婉如此。柳永“不忍登高临远,怕故乡渺邈,归思难收”(《八声甘州》),意旨亦相类似,但措辞与周氏相较,便有俊爽与深婉之别。

下片三句写阑珊春事引起的怅触情绪。一、二句对起,此调正格。新笋已长成绿竹,春花却落为燕泥。花木消长,时序推移,这对比鲜明的景物已触发词人的羁怀旅思、暮感悲心。又怎忍闻听那催归杜鹃的声声啼唤呢？“忍听”句语出李中“忍听黄昏杜宇啼”(《钟陵禁烟寄从弟》)，而运典自然，一如己出。“林表”，即林梢。杜鹃啼声哀苦，如唤“不如归去”，故亦称催归鸟。词人的一片归心，于结句点出。则前面的种种凄情苦绪，于此照彻融贯为一了。然亦点到即止，不作过分渲染，而寄兴深微，自成妙诣。俞平伯《清真词释》云：“结句轻轻即收，不堕入议论恶道。与上片之结，并其微婉。正类二王妙楷，中锋直下如痴冻蝇也。”可谓善于形容。

从构思角度看，这首词的时空处置，很有特色。在空间上，它以楼台为中心，将上下内外的景物，如碧天、芳草、嫩竹、燕泥之类，捕捉出来，并把它交织到一个特定的时间——登楼的瞬间上。显得十分紧凑和集中。在声情的锤炼上，作者拈取了绵密低徊的齐齿声字回环相押，这对于表现凄迷宛转的乡情，真有笙磬之合了。

(周笃文)

一落索

眉共春山争秀，可怜长皱。莫将清泪滴花枝，恐花也、如人瘦。

清润玉箫闲久，知音稀有。欲知日日倚栏愁，但问取、亭前柳。

清人沈雄《古今词话》引宋人陈鹄《耆旧续闻》记载，这首词是周邦彦写给汴京名妓李师师的，但此说未必可信。《清真集》编此词入“春景”类，无题，考其内容，显然是描写“闺情”之作。

闺情这个题目，在宋词里最为常见。要想使这类作品占得一席地位，就必须写得新颖别致，必须有一定的独创性。这首小词，和周邦彦的其他

【鉴赏】

作品不大一样，是以清淡自然取胜的，没有刻意的雕饰与秾艳的辞藻，写来好像也很轻松，只是把习见的题材信手拈来，一挥而就，但也并非率意之作，还是有它的特点的。闺情词总要以描写闺中妇女为核心，本篇亦不例外。它刻画了思妇的外貌、内心，传达了人物的神情意态，篇幅虽然短小，内容却不单调，笔致委婉含蓄，语言却清新流畅，读起来还是很有韵味的。

用春山比喻女子的眉毛，用花朵比喻女子的面容，早就应该算作陈词滥调了，但在这首词里，由于作者善于点化变换，却能使陈旧的比喻呈现出新鲜的面目，从而显示出了作者的创造性。“眉共春山争秀”，意思是说，这位闺中思妇的眉毛比春天的青山还要秀丽，有了“争秀”二字，比起“淡淡春山”、“眉如春山”、“眉蹙春山”之类的常用词语来，已经增添了新意，下句紧接“可怜长皱”，又翻出了另一层新意，由人物外貌的美说到了内心的愁。这样一来，就使读者消除了陈旧的感觉。可见，采用旧语，必须翻新。下文的以花喻面，也是同样情况，作者把这一陈旧的比喻作了更大的加工改制——“莫将清泪滴花枝，恐花也、如人瘦”，使它的含义变得丰富多了，曲折多了，也新鲜多了，可以说它与李清照的名句“人比黄花瘦”有异曲同工之妙。上片着重写思妇的外貌，但已涉及内心，不只有层次、有深度，而且笔致又复委婉多姿。“可怜”、“莫将”等词语的运用，取得了很好的效果。所描摹的惋惜、劝慰的口吻，既像是思妇自己的心理活动，又像是第三者流露出来的同情与关照。这首小词的委婉情致和深厚韵味也正是从这些地方传达出来的。

下片着重写思妇的内心。先写“玉箫”，既用作陪衬，也用作象征，人物的闲雅风姿与孤寂心情由此得以想见。下文点明“愁”字，而用“欲知”、“但问”连属成句，正是与上片的“可怜”、“莫将”相互照应，既像是思妇内心的自问自答，又像是对第三者的关切所作的回复，而这样前后照应的结果，就使全篇显得和谐匀称了。结尾处，很容易使读者联想起唐人王昌龄《闺怨》诗中那“忽见陌头杨柳色，悔教夫婿觅封侯”的句子来。词里的人是“日日倚栏”远望，不见夫婿归来，所见者，唯有长亭前边的杨柳，于是，日积月累的离愁就都堆垛在了杨柳上面，在这里，杨柳是愁绪的见证；词中的人是“忽见”杨柳，顿时勾惹起满腹离愁，往日似乎“不知愁”，今朝忽然一并迸发而出，在这里，杨柳是愁绪的触媒。二者同是托物以抒情，并且所托之物、所抒之情全同，而其构想却有如此差异，我国古典诗词表现手法的丰富多样，千变万化，于此亦可窥见一斑。

（王双启）

满庭芳

夏日溧水无想山作

风老莺雏，雨肥梅子，午阴嘉树清圆。地卑山近，衣润费炉烟。人静乌鸢自乐，小桥外、新绿溅溅。凭栏久，黄芦苦竹，疑泛九江船。　　年年，如社燕，飘流瀚海，来寄修椽。且莫思身外，长近尊前。憔悴江南倦客，不堪听急管繁弦。歌筵畔，先安簟枕，容我醉时眠。

哲宗元祐八年（1093），周邦彦三十八岁，为溧水（今属江苏）令。溧水县背靠无想山。这首词是他在溧水任上写的，通过不同的景物来写出哀乐无端的感情，有中年伤于哀乐的感慨。

一开头写春光已去，但他没有伤春，反而在欣赏初夏的风光。雏莺在

【鉴赏】

风中长成了，梅子在雨中肥大了。这里化用杜牧“风蒲燕雏老”(《赴京初入汴口》)及杜甫“红绽雨肥梅”(《陪郑广文游何将军山林》)诗意。“午阴嘉树清圆”，则是用刘禹锡《昼居池上亭独吟》“日午树阴正”句意，“清圆”二字绘出绿树亭亭如盖的景象。以上三句写初夏景物，体物极为细微，并反映出作者随遇而安的心情，极力写景物的美好，显得这里也可留恋。但接着就来一个转折：“地卑山近，衣润费炉烟。”正像白居易贬官江州，在《琵琶行》里说的“住近湓江地低湿”，溧水也是地低湿，衣服潮润，炉香熏衣，需时良多，“费”字道出衣服之潮，则地卑久雨的景象不言自明。那末在这里还是感到不很自在吧。接下去又转了：这里比较安静，没有嘈杂的市声，连乌鸢也自得其乐。小桥外，溪水清澄，发出溅溅水声。但紧接着又是一转：“凭栏久，黄芦苦竹，疑泛九江船。”白居易既叹“住近湓江地低湿，黄芦苦竹绕宅生”，词人在久久凭栏眺望之余，也感到自己处在这“地卑山近”的溧水，与当年白居易被贬江州时环境相似，油然生出沦落生涯的感慨。由“凭栏久”一句，知道从开篇起所写景物都是词人登楼眺望所见。感慨之兴，歇拍微露端倪，至下片才尽情抒发。

下片开头，以社燕自比。社燕在春社时飞来，到秋社时飞去，从海上漂流至此，在人家长椽上筑巢寄身。瀚海，大海。《艺文类聚》卷九二引梁吴筠《咏燕》诗：“一燕海上来，一燕高堂息。……答言海路长，风驶飞无力。”唐沈佺期《独不见》诗“海燕双栖玳瑁梁”，即此来自海上之燕。词人借海燕自喻，频年漂流宦海，暂在此溧水寄身。既然如此，“且莫思身外，长近尊前”，姑且不去考虑身外的事，包括个人的荣辱得失，还是长期亲近酒樽，借酒来浇愁吧。词人似乎要从苦闷中挣脱出去。这里，点化了杜甫的“莫思身外无穷事，且尽生前有限杯”(《绝句漫兴》)和杜牧的“身外任尘土，尊前极欢娱”(《张好好诗》)。“憔悴江南倦客，不堪听急管繁弦”，又作一转。在宦海中漂流已感疲倦而至憔悴的江南客(作者为钱塘人),虽想撇开身外种种烦恼事,向酒宴中暂寻欢乐,如谢安所谓中年伤于哀乐,正赖丝竹陶写,但宴席上的"急管繁弦",怕更会引起感伤。杜甫《陪王使君》有"不须吹急管,衰老易悲伤"诗句,这里"不堪听"含有"易悲伤"的含意。结处"歌筵畔",承上"急管繁弦"。"先安簟枕,容我醉时眠",则未听丝竹,先拟醉眠。他的醉,不是欢醉而是愁醉。丝竹不入愁人之耳,唯酒可以忘忧。萧统《陶渊明传》:"渊明若先醉,便语客:'我醉欲眠,卿可去。'"词语用此而情味自是不同。"容我"二字,措辞宛转,心事悲凉。一结写出了无可奈何、以醉遣愁的苦闷。

宋陈振孙《直斋书录解题》云:"清真词多用唐人诗语,隐括入律,浑然天成,长调尤善铺叙,富艳精工。"这首词用了杜甫、白居易、刘禹锡、杜牧诸人的诗,结合真景真情,运典入化,大大丰富了词的含意。此外,还有很突出的一点,是风华清丽的景物,与孤寂凄凉的心情相交错,乐与哀相交融,苦闷与宽慰相结合,构成一种转折顿挫的风格。"风老莺雏,雨肥梅子",景物可喜。在可喜背后的苦闷心情,以"地卑"、"衣润"略点一下。再像"乌鸢自乐"、"新绿溅溅",写得恬静清新,"自"字极写鸟儿无拘无束,令人生羡之逍遥情态,正衬托出自己陷于宦海,不能自由飞翔的苦闷,而"黄芦苦竹"更清楚地点明自己的处境。在一详一略、一乐一苦的映衬中,含蓄地透露出苦闷的心情。总之,写乐景生动细致,反映苦闷的心情隐约含蓄。陈廷焯《白雨斋词话》评曰:"此中有多少说不出处,或是依人之苦,或有患失之心,但说得虽哀怨,却不激烈,沉郁顿挫中别饶蕴藉。"作者的感情,正是通过这些隐约不露的映衬对照曲曲传出。

(周振甫)

【原文】

霜叶飞

露迷衰草,疏星挂,凉蟾低下林表。素娥青女斗婵娟,正倍添凄悄。渐飒飒丹枫撼晓,横天云浪鱼鳞小。似故人相看,又透入、清晖半晌,特地留照。　　迢递望极关山,波穿千里,度日如岁难到。凤楼今夜听秋风,奈五更愁抱。想玉匣哀弦闭了,无心重理相思调。见皓月、牵离恨,屏掩孤颦,泪流多少。

月夜怀人,古往今来有多少文人墨客曾经写过这个主题?从我们最熟知的李白的《静夜思》"举头望明月,低头思故乡",杜甫的《月夜》"香雾云鬟湿,清辉玉臂寒",到现代流行歌曲《明月千里寄相思》,无论是古代言志抒怀的文人之诗,还是现代流行乐缠绵悱恻的靡靡之音,有些主题却是惊人的相似。不是没有新意,而是人类有些情感,古往今来,从来都是一样的。包括周邦彦这首慢词演绎的《霜叶飞》。

词的上片写景。其时序为萧瑟之秋,从首句"衰草",到主霜雨之神"青女",到飒飒"丹枫",到下片直写"秋风",秋之痕迹,无处不在。想那秋夜里必有明月当空,因为在词人笔下是"疏星挂",月明才会星稀,众所知也。又说"素娥青女斗婵娟",月色晦暗,又如何称其为"斗"?何况下片又直点"皓月"。然而词人却没有描写那个月明之夜,而是选择了秋露迷离的拂晓时分来下笔,从"露迷",到"撼晓",到下片的"五更",莫不点明其时已是夜将尽,天欲放晓。为什么要选择这样一个时间点?答案亦是显而易见,是因为词人孤枕难眠,愁至天明。

但看那词人笔下之景,开篇便是衰草秋露,疏星零落,月下林表。"素娥”两句是第二重墨色，没有在画上添加景物，却将首三句所描绘的“凄悄”景色点染得更深更浓。月，在诗词歌赋中有很多代称，比如蟾蜍，比如嫦娥。称之“素娥”是因为月色素白，正如前句称之为“凉蟾”一般，从字面上便传递了层层冷意，冷月偏又遇冷秋，与“青女”斗婵娟，意思是说要跟青女一较高下，比一比谁更美丽。青女乃主霜雨之神，冷月斗秋霜，冷上加冷，自是“倍添凄悄”。“渐飒飒丹枫撼晓，横天云浪鱼鳞小。”天色在飒飒丹枫摇撼中渐渐清明，浩渺长空中唯见鱼鳞般细小的云浪层层堆叠。这两句承“林表”而下，继续描写这拂晓时分的景色。然而前面的景物都是特写镜头，取单一景而描绘细致入微，而这两句却如长镜头般将视野骤然拓宽，格局也便豁然打开。“渐”字体现时间的流逝，“撼”字如神来之笔，极言那丹枫于秋风中猎猎作响，使天地也被惊动一般，从声音上、气势上又突出“倍添凄悄”。《云韶集》评点此词曰：“写秋夜景色，字字凄断。‘撼’字下得精神。晓何可撼？‘撼晓’何可解？惟其不可撼，所以为奇妙；惟其不可解，所以为神化也。”

“似故人”三句，写洒落于眼前景物上的月光，正合前面“青女素娥斗婵娟”一说。天将拂晓，月儿西斜，那清冷的月晖却依然留照半晌，仿佛故人般恋恋不去。《类说》卷二十八《异闻集》里有这么一个典故：“沈警奉使秦陇，至蓂张女郎庙，晚遇二女郎，沈警与小女郎就寝，临别致词曰：‘姮娥妒人，不肯留照；织女无赖，已复斜河。’将晓，呜咽而别。”而此处词人却反说“特地留照”，分明是因为有情人天各一方，因而姮娥不妒。也因此顺势过渡到下片的遥寄相思。

“迢递望极关山，波穿千里，度日如岁难到。”“望极”二字点出怀人之主题，“迢递”、“千里”极言遥远，“关山”又见阻碍重重，其结果只能是“难到”，于是“度日如岁”。《诗·王风·采葛》：“彼采艾兮，一日不见，如三岁兮！”过片这三句，是词人从自己的视角抒写自身思念远人的情怀，而“凤楼”以下，则上承“难到”二字，转为从对方展开描写，都由“想”字所领——我身虽不能到，我眼虽不能及，但我心却早已远远地飞向了那人身边。思念的人啊，在这样的秋夜里正在干什么呢？“凤楼今夜听秋风，奈五更愁抱。”想来她必然也于凤楼上听那秋风瑟瑟，与我一般彻夜未眠。“想玉匣哀弦闭了，无心重理相思调。”“玉匣”指筝，那人必然是玉匣不开，哀弦不理，连相思之调也无心弹奏吧？“见皓月、牵离恨，屏掩孤颦，泪流多少。”今夜她望见皓月当空，必然也如我一般牵动万千别愁离恨吧？玉屏掩映她孤单身影，哀哀流了多少泪水呢？

观此词，从写景到抒情，从月下到相思，虚实相生，情景交融，将一腔情怀满腹思念抒写得婉转缠绵，淋漓尽致。细分析其遣词用句，似乎无字不出自于词人自己之笔，浑然如天成，其实多处巧妙融合了前人诗句，如上片写景时用李商隐《霜月》：“青女素娥俱耐冷，云中霜里斗婵娟。”如下片抒情时用崔珪《孤寝怨》：“自君辽海去，玉匣闭春弦。”以前人之语词，诉自己之情怀，隐括入律，化为己用，亦是清真词的一个明显特色。《抄本海绡说词》点评此词曰：“只是‘美人迈兮音尘绝，隔千里兮共明月’二句耳。以换头三句结上阕，‘凤楼’以下其人设想。一边写景，即景见情；一边写情，即情见景。双烟一气，善学者自能于意境中求之。”

（蔡凌华）

隔浦莲近拍

中山县圃姑射亭避暑作

新篁摇动翠葆。曲径通深窈。夏果收新脆，金丸落，惊飞鸟。浓翠迷岸草。蛙声闹，骤雨鸣池沼。　　水亭小。浮萍破处，帘花檐影颠倒。纶巾羽扇,困卧北窗清晓。屏里吴山梦自到。惊觉,依然身在江表。

宋哲宗元祐八年(1093)春至绍圣三年(1096),周邦彦知溧水县(今属江苏)。中山距溧水县城很近,从这首词题下的小注来看,当作于此时。

词的上阕写盛夏的景色。通过对景物的描绘,作者勾勒出中山县圃姑射亭的轮廓以及周围的环境。这是一个令人流连忘返的避暑胜地。碧色的翠竹和幽静蜿蜒的小径,给人清凉舒适的感觉。成熟的水果,郁郁葱葱的岸草,喧闹的蛙声,这些夏日里才有的典型事物被集中在一起来表现田园生活,别有一番情趣。尤其是对池蛙的生动描绘,仿佛令人闻到了骤雨前那种湿润的、带着泥土芳香的气味。作者下笔十分巧妙,他用"新篁"、"翠葆"这类精美的辞藻替代了"新竹"、"绿色的树冠"那些普通的字眼,给读者留下了新奇的印象。写景的方法也不同于一般,充分施展了他对色调运用的才华。作者采用绿色作为主要的基调,然后再用暖色加以点缀,又让读者交错地使用视觉和听觉,大大增强了对景色的主体感受。词的开头,一片翠绿映入读者的眼帘,接着,又交替出现了"金丸"、"浓翠"等色彩斑斓的词,令人目不暇接。"夏果收新脆"中一个"脆"字,概括了对丰硕果实的赞叹,"金丸落,惊飞鸟"则套用了李白《少年子》中的诗句"金丸落飞鸟"。随后,又描摹了池蛙的喧闹声,用字选词,锤炼精工,难怪清人周济对周邦彦这一特色称颂不已:"清真浑厚正于勾勒处见,他人一勾勒便刻削,清真勾勒愈浑厚。"(《宋四家词选目录序论》)

下阕的前三句写词人居住的地方——一座临水的小院。作者用"浮萍破处,帘花檐影颠倒"来点出小亭的所在,既写了水,又写了亭,水、亭相映,美不胜收。"帘花檐影",有的本子作"檐花帘影",有人认为

【鉴赏】

“檐花”是指雨点从屋檐滴下，语出杜甫的诗句“灯前细雨檐花落”。实际上周邦彦词中并非实指，“帘花檐影”只不过用来代指他居住的小屋，作者将“浮萍”、“帘花”、“檐影”搅混在一起，本意决非要将它们一一解释清楚，而是要用它们构成一幅具有朦胧美的水中图画，因为倒影常常能增加美感。

“纶巾羽扇，困卧北窗清晓”，是词人当时生活的写实。从写景到写人，笔锋一转，显得十分自然，“困卧”二字正与“水亭小”相呼应，字面上似乎是从客观环境着眼，然而从全词看，此处恰好是作者情绪的转折点。下三句，则着重刻画了词人的思乡之情。周邦彦是钱塘人，此处的吴山当借指他的家乡。作者从“卧”字起笔，因屏风上的画图而梦游故乡，一直写到梦醒后的惆怅，有起有落，曲折宛转，一气呵成。

张炎在《词源》中写道：“美成词只当看他浑成处，于软媚中有气魄。”此说很有道理。《隔浦莲》一词与周邦彦的其他作品有所不同，没有男女之爱的描写，仅是抒发个人的情感而已，谈不上“软媚”，但仍不离婉约之宗，而作者的写景状物直至抒情，都显得丰富饱满，极有气魄。他用笔往往从远及近，从大向小，渐渐收缩，笔到之处，包揽无遗。他对景物的体验，也是由表及里，层层剥出，颇能引人入胜。上下两阕，似不相蒙，一阕之中，也有几处转折，“令人不能遽窥其旨”（陈廷焯《白雨斋词话》卷一）。但是，当你读至一曲终了，便深深地领略了清真词里的感慨，却又不会因为词人情绪的低落而影响你的欣赏。正如这首《隔浦莲》，作者思乡之意愈是深切，他对异乡的景则描绘得愈是可爱，这种反衬的手法使上下阕看起来不谐调，或许给人一种头重足轻的感觉，但这正是前人所谓的“顿挫之妙”。

（朱金城　朱易安）

过秦楼

水浴清蟾，叶喧凉吹，巷陌马声初断。闲依露井，笑扑流萤，惹破画罗轻扇。人静夜久凭阑，愁不归眠，立残更箭。叹年华一瞬，人今千里，梦沉书远。　　空见说、鬓怯琼梳，容销金镜，渐懒趁时匀染。梅风地溽，虹雨苔滋，一架舞红都变。谁信无聊为伊，才减江淹，情伤荀倩。但明河影下，还看稀星数点。

这是一首怀人的词。

上片“人静夜久凭阑，愁不归眠，立残更箭”是全词的关键。周济说：“美成思力，独绝千古。”又说：“勾勒之妙，无如清真；他人一勾勒便薄，清真愈勾勒愈浑厚。”(《介存斋论词杂著》)这三句勾勒极妙，上面好像是写现在的六句词，经这几句的勾勒，变成了忆旧。在一个夏天的晚上，词人独倚阑干，凭高念远，离绪万端，难以归睡。由黄昏而至深夜，由深夜而至天将晓，耳听更鼓将歇，但他依旧倚栏望着，想着离别已久的情侣。他慨叹着韶华易逝，人各一天，不要说音信稀少，就是梦也难做啊！他眼前浮现了去年夏天情侣在屋前场地上“轻罗小扇扑流萤”的情景。黄昏之后，墙外的车马来往喧闹之声开始平息下来。天上的月儿投入墙内小溪中，仿佛在水底沐浴荡漾。而树叶被风吹动，发出了带着凉意的声响。这是一个多么美丽、幽静而富有诗情的夜晚。她和自己欢聚一起。在井栏边，她“笑扑流萤”，把手中的“画罗轻扇”都触破了。这虽然是一个简单的动作，但这是他们欢爱生活中深印在词人脑海中的记忆犹新的一幕。

下片写两地相思。“空见说、鬓怯琼梳，容销金镜，渐懒趁时匀染。”这

【鉴赏】

是词人所闻有关她对自己的思念之情。由于苦思苦念的折磨，鬓发渐少，容颜消瘦，持玉梳而怯发稀，对菱花而伤憔悴，“欲妆临镜慵”，活画出她在别后生理上、心理上的变化。“渐”字、“趁时”二字写出了时间推移的过程。接着“梅风地溽，虹雨苔滋，一架舞红都变”三句则由人事转向景物，叙眼前所见。梅雨季节，阴多晴少，地上潮湿，庭院中青苔滋生，这不仅由于风风雨雨，也由于人迹罕至。一架蔷薇，已由盛开时的鲜红夺目变得飘零憔悴了。这样，既写了季节的变迁，也兼写了他心理的消黯，景中寓情，刻画深至。“谁信无聊为伊，才减江淹，情伤荀倩。”这是词人对她的思念。先用“无聊”二字概括，而着重处尤在“为伊”二字，“衣带渐宽终不悔，为伊消得人憔悴”。因相思的痛苦，自己像江淹那样才华减退，因相思的折磨，自己像荀粲那样不言神伤。双方的相思，如此深挚，她为我憔悴，一至于斯，我恨不能身生双翅，飞到她身旁，去安慰她，怜惜她。可是不能，所以说“空见说”。而我也为她憔悴，以至“才减”、“情伤”，不管她是否知道我也矢志不移，宁瘦损而不悔呢，所以说“谁信”。这反映词人灵魂深处曲折细微的地方，它把两人相思之苦进一步深化了。陈廷焯说周词妙处，“不外沉郁顿挫”，这些地方就是表现了周词的沉郁顿挫，笔力劲健。歇拍“但明河影下，还看稀星数点”，以见明河侵晓星稀，表出词人凭栏至晓，通宵未睡作结。通观全篇，是写词人“夜久凭阑”的思想感情的活动过程。前片“人静”三句，至此再得到照应。银河星点，加强了念旧伤今的感情色彩；而且也把上、下片情事全纳入其中，岂非思力双绝！

此词在艺术上，一是以实写代替虚写。开首是对过去美好生活的回忆，但词人却用实写，好像是在写今天。这样以实写代替虚写，不只是一个艺术技巧问题，也是感情、形象的复叠性问题，即给予感情、形象以双重性的色彩。当词人完全沉浸在过去的美好生活的回忆时，这段生活的感情与形象是明朗的，欢快的，让读者也先有这样的感觉。但至词人从幻想回到现实时，上述那种形象便变成凄暗的色彩了，而读者也同样地有此不同的感受。这就是所谓勾勒的力量，没有深厚的感情，矫健的笔力，是不能做到这点的。二是沉郁顿挫。所谓沉郁，就是感情容量的深厚；所谓顿挫，就是词笔的曲而能达。前面谈到换头的“空见说”三句和“谁信”三句，正表现了这一特点。有了深厚的感情，而能用曲折顿挫的手法把它表达出来，也表现出周词艺术的美与力量。

（万云骏）

苏幕遮

燎沉香，消溽暑。鸟雀呼晴，侵晓窥檐语。叶上初阳干宿雨，水面清圆，一一风荷举。　　故乡遥，何日去？家住吴门，久作长安旅。五月渔郎相忆否？小楫轻舟，梦入芙蓉浦。

宋代文人写词，就语言艺术方面说，有雕刻与自然两种不同的路径。曾经被词论家捧为“词中老杜”、“两宋之间，一人而已”的周邦彦，就是以雕刻取胜的。他的词集一名《片玉集》，可是集中大部分作品，并不能做到“咳唾落九天，随风生珠玉”那样地天然美好，而是用镂金刻玉的手段以掩盖它真美的不足。但像这首《苏幕遮》，倒是“清水出芙蓉，天然去雕饰”的，在周词中，可算是少数的例外。

这词以写雨后风荷为中心，由此而引入故乡归梦。以一个家住吴门、久客京师的作者，面对着象征江南陂塘风色的荷花，很自然地会勾起乡心，词的结尾用“小楫轻舟，梦入芙蓉浦”（古人也称荷花为芙蓉）绾合，上下片联成一气，融景入情，不着痕迹。而全首突出动人之处，全在“叶上初阳干宿雨，水面清圆，一一风荷举”三句所写荷花的神态。试想，当宿雨初收，晓风吹过水面，在红艳的初日照耀下，圆润的荷叶，绿净如拭，亭亭玉立的荷花，随风一一颤动起来。这样一个活泼清远的词境，要把它作十分生动的素描，再现于读者面前，却颇非容易。作者只用寥寥几笔，就达到了这种境地，只一个“举”字，便刻画出荷花的动态。王国维《人间词话》赞扬它为“真能得荷之神理者”，是一点也不错的。

提起写荷花，风裳、水佩、冷香、绿云、红衣等字面，往往摇笔即来，而荷花的形象，却在这些词儿的掩蔽下模糊了。这样的词，读者必然会发生雾里看花隔着一层的感觉。这首《苏幕遮》之所以为写荷绝唱，正是在于它能洗尽脂粉，为凌波微步的仙子，作了出色的传神。记得清代大诗人郑珍的《春尽日》诗句：“绿荷扶夏出，嫩立如婴儿。春风欲舍去，尽日抱之吹。”可算是文章天成，妙手偶得，跟周词有异曲同工之妙。

（钱仲联）

诉衷情

出林杏子落金盘。齿软怕尝酸。可惜半残青紫，犹印小唇丹。

南陌上，落花闲。雨斑斑。不言不语，一段伤春，都在眉间。

由于词体产生于歌筵，故唐宋词中女性形象占有优势。周邦彦便是一个善为女主人公传神写照的能手。此词写少女伤春，大抵用两种笔墨，相映成趣。

【鉴赏】

上片用工致之笔，刻画一个具体情节。“出林杏子”一句，先就暗示了这是杏子刚刚成熟的时节，即暮春时候。金盘里的杏子是摘来的，词人却写做“落金盘”，不但新颖，而且妥帖（“落”则熟也）。不过第一批出林的杏子，乃属尝鲜之列，并未熟透甜透。这从它“青紫”相间的颜色可知，这恰是“试摘犹酸亦未黄”（韦应物）呢。所以少女刚品尝一口，便“齿软怕酸”了。南宋杨万里著名诗句“梅子留酸软齿牙”（《闲居初夏午睡起》），说出同样的道理。所谓“齿软”，是一种形象化的说法，俗语称之“倒牙”。其结果便留下半枚残杏，“可惜半残青紫，犹印小唇丹”。这个特写镜头很俊，一个青紫相间的残杏上，留下小小口红痕印，被撂在一边。则那咬杏的人儿，酸在口中，蹙到眉尖的情景，悠然可会。这样联想，可以直通词尾的“眉间”字。

下片则用较空灵的笔触，烘出少女伤春情事。“南陌上，落花闲。雨斑斑”三句用速写简妙笔墨，勾勒出一个背景。“斑斑”二字本形容落花狼藉情态，此承“雨”字作形容，又兼有“桃花乱落如红雨”（李贺）的意趣，不独见春雨之骤急。最后三句则着力写人物的表情及心理，上片写少女尝杏，酸到眉尖，这里一著暮春之景，则那眉间的酸意，又不全为青杏而然了：“不言不语，一段伤春，都在眉间。”虽然表现只在眉间，那“酸”却是透彻心底的。

这首词的妙处，就在于作者将少女尝鲜得酸的偶然情事，与其怀春藏酸的本质内容勾连，以前者触发后者，似不经意，实具意匠经营。“花褪残红青杏小”（苏轼）乃是暮春的景色，但作者不仅写了景色，还就此发展成一段生活情事，便觉活泼可爱。善于言情叙事，闲中着色，是周邦彦拿手的本领。参阅“并刀如水，吴盐胜雪，纤手破新橙”（《少年游》），便与此词上片有异曲同工之妙。而此词的尝杏怕酸的情节，似乎对妙龄怀春的心境还有一重象喻作用，即暗示着少女心中萌发的爱情追求，就像吃杏子一样，想要尝试，又怕齿酸，而“眉尖心上，无计相回避”（范仲淹）也。这种微妙心理，词中写得是很真切的。

（周啸天）

风流子

枫林凋晚叶，关河迥，楚客惨将归。望一川暝霭，雁声哀怨；半规凉月，人影参差。酒醒后，泪花销凤蜡，风幕卷金泥。砧杵韵高，唤回残梦；绮罗香减，牵起余悲。　　亭皋分襟地，难拼处，偏是掩面牵衣。何况怨怀长结，重见无期。想寄恨书中，银钩空满；断肠声里，玉筋还垂。多少暗愁密意，唯有天知。

这首词抒写离愁别恨，与柳永《雨霖铃》（寒蝉凄切）情事相类而结构上大异其趣，可以参读。柳词从长亭话别写到对别后况味的推想，布局平稳；此词却从别后的不堪写到对话别情景的追忆，布局上有逆折之致。

开篇即从首途前夕饯宴之后写起。词中未明写“都门帐饮”之事，但从下文“酒醒”字见出。在一个枫叶飘零的秋晚，“我”就要离开这客居之地而归去，面对山川迢遥，不免情怀凄然。前三句的情景、意念及“楚客”、“将归”等字面，都有意无意从楚辞《九辩》一段虚拟送别的文字化出：“悲哉秋之为气也！萧瑟兮草木摇落而变衰；憭慄兮若在远行，登山临水兮送将归。”如此能增强联想，烘托气氛。看来这位“楚客”当夜将在客舍下榻，以候旦发。紧接着就写其在苍茫暮色中之闻见：“望一川暝霭，雁声哀怨；半规凉月，人影参差。”这里，依稀可辨的一行人影，并非别的什么人，而是尚未去远的前来送别的人们，联下片可知其中有一个“她”在，于是“人影参差”四字写景中就寓有无限依依不舍之情。这哀怨的、未安栖或失群的雁的鸣声，与残缺成半规的凉月，又各各成为羁情和离思的象征。这四句写景逼真而抒情含蓄。

“酒醒后”到上片煞拍，与前数句时间上有一个跳跃而情景暗换，写独处一室清夜梦回所闻见，大致相当于柳词“今宵酒醒何处”一节内容。词中“我”醒来，眼前残烛摇曳，帘幕随风舒卷；清晰的捣衣声驱散残梦，梦想中的“她”忽从“我”身边消逝，不禁悲从中来，不可断绝。“凤蜡”字面出于《南史》，史载王僧绰少时与兄弟聚会，采蜡烛泪为凤凰；“泪花”指蜡泪，诗词多以象征离愁（杜牧《赠别》：“蜡烛有心还惜别，替人垂泪到天明”）；“金泥”指帘幕上的烫金；“绮罗香”指女子衣裙上的香气。一系列金玉锦绣的字面，不仅为了典雅华赡好看，而且通过环境的富艳反衬人物心境，引出更强烈的孤寂感。“酒醒后”三句先写出刚醒来一刹那的怔忡神态，“砧杵韵高”四句继写清醒后的感觉与心情，用笔细微入妙。“绮罗香减”继“残梦”二字吐出，便不只实写与女方的诀别，而兼暗示中宵梦想，笔致空灵。“牵起余悲”四字回应篇首“惨将归”，又唤起下片追忆，贯彻篇终，是最关键最得力的。

过片即承此倒叙昨晚饯别分襟时彼此种种不堪，就诗情言是追忆，手法则属逆挽。这一大段文字如剥笋抽丝，层层深入。“亭皋（水边平地）分襟地，难拼处”为一层，言临别已觉难以割舍；“偏是掩面牵衣”进一层，写对方呜咽掩泣更使人难堪；“何况怨怀长结，重见无期”，再进一层，说明这是诀别，后会难期；“想寄恨书中”四句，以一“想”字领起，写别后相思愁恨之深，分从双方著笔。“寄恨书中，银钩空满”，说自己：纵然是“恨墨”写至“盈笺”，也写之不尽。“断肠声里，玉筯还垂”，说对方：别时她为我“断肠声里唱《阳关》”，流泪想至今未止。而想象对方情状，也是反映自己对彼相思之深。“空”、“还”二字勾勒着意。此又进一层。可谓层层加深写尽“暗愁密意”。这种暗密的相思之情，本是天知地知彼知己知的，而此结云“多少暗愁密意，唯有天知”，一发痴迷沉痛，所谓愈朴愈厚。

此词上下片作逆挽不作顺叙，正面写离别的一段用虚笔（追忆）不用实笔，较之柳词“方留恋处，兰舟催发。执手相看泪眼，竟无语凝咽”一段，转觉密致。盖柳词直写离别之状，以“相看无语”疏淡写来自佳；而此词写回想，属痛定思痛，回味转浓，自宜逐层剖析。所以此词的用笔密致与逆挽的手法分不开，同是符合于生活情理的。此词语言上典丽与朴拙并用，而能浑融。一般说，上片较藻绘凝重；下片较自然流利，然“银钩”、“玉筯”之语对仗工稳，字面华丽，其平衡联系上下片之功用不可忽略。

（周啸天）

齐天乐

绿芜凋尽台城路，殊乡又逢秋晚。暮雨生寒，鸣蛩劝织，深阁时闻裁剪。云窗静掩。叹重拂罗裀，顿疏花簟。尚有练囊，露萤清夜照书卷。　　荆江留滞最久，故人相望处，离思何限。渭水西风，长安乱叶，空忆诗情宛转。凭高眺远。正玉液新篘，蟹螯初荐。醉倒山翁，但愁斜照敛。

此词是清真晚年寄迹江宁（今江苏南京）时所作。词中，将迟暮之悲、羁旅之愁与故人之情融成一片。其可贵处，在于启示着珍惜寸阴之意味。乃清真词中高格调之作。

“绿芜凋尽台城路，殊乡又逢秋晚。”清陈廷焯《云韶集》评此词说得好：

【鉴赏】

“只起二句便觉黯然销魂。”“沉郁苍凉，太白‘西风残照’后有嗣音矣。”台城原是东晋、南朝台省与宫殿所在地，故址在江宁，此指江宁。“绿芜凋尽”，亦犹其《浪淘沙》词之“霜凋岸草”，一片深秋景象。“殊乡又逢秋晚”，点出双重悲意，殊乡可悲，秋晚更可悲。起笔二句，论造境富于远神，论意蕴则大有众芳芜秽、美人迟暮的悲慨。温庭筠《鸡鸣埭歌》云：“芊绵平绿台城基，暖色春容荒古陂。”台城绿芜，本来就具有盛衰沧桑之意味，更何况今日已化为一片凋零之秋色矣。以下直至歇拍八句四韵，皆从“秋晚”二字生发，层层托出时序变迁之感。“暮雨生寒，鸣蛩劝织，深阁时闻裁剪。”蛩即蟋蟀，其鸣声似劝人机织，故又名促织。“暮雨生寒”，从肤觉感受写。“鸣蛩劝织”，从听觉感受写，二句对偶，倍增其感。此是从自然一面写秋感。“深阁时闻裁剪”，则从人事一面写秋感，语意略同于杜甫《秋兴》“寒衣处处催刀尺”。人家裁剪新衣，正暗喻客子无衣之感也。裁剪之声与上句鸣蛩促织之音紧紧衔接，足见词人锐感灵心，心细若发。“云窗静掩。”“静掩”二字，极写幽居独处之寂寞感。此句单句叶韵，又正是承上启下之句。以上所写绿芜凋尽、暮雨鸣蛩、深阁裁剪，皆云窗之外境。以下所写，则是云窗之内境。词境由外而内，遂层层转深。“叹重拂罗裀，顿疏花簟。”裀者夹褥，簟者竹席。暑去凉来，撤去花簟，铺上罗裀。下一重字、顿字，点出对节候更替之锐感。二句对偶，亦倍增其感。用“叹”字领之，直写出不胜惆怅之情。前代诗人常用夏秋之交小小生活用具之收藏，如团扇花簟之类，寓写人情疏远乃至世态炎凉之深深悲感。此二句实亦暗带出此种悲感。“顿疏”二字，下得沉重，但又一笔带过。清真早年献《汴都赋》，见知于神宗，自太学生命为太学正，但因种种缘故，其平生仕途颇为坎坷，心中自不免常有某种悲慨。不过，清真“学道退然，委顺知命”（南宋楼钥《清真先生文集序》），故其内心悲慨之流露，又往往是若隐若现，若有若无。“尚有练囊，露萤清夜照书卷。”纵然夏日所用已收藏、疏远，但还留得当时清夜聚萤照我读书之练囊。练音疏，一种极稀薄之布。二句典出《晋书·车胤传》："家贫不常得油，夏月则练囊盛数十萤火以读书。"以练代练，是因此句第三字须用平声。词人当然不必囊萤照读，此是托寓自己不忘旧情，语甚含婉，意则坚执，隐然有修吾初服之意。南宋王灼《碧鸡漫志》卷二云"世间有《离骚》，唯贺方回、周美成时时得之"，道得甚是。练囊露萤、清夜书卷，意象清美幽雅，正是志洁行芳之表征。

"荆江留滞最久，故人相望处，离思何限。"换头三句，追怀荆州之故人。荆江指荆州（今湖北江陵），词人三十七岁前曾客居于此数年（王国维《清真先生遗事》），与当地友人交谊自深。离别久矣，想故人遥遥望我，离情别绪无限。怀想荆州故人，不言自己怀想，却言故人相望，用翻进一层笔法，情致尤深。从歇拍练囊露萤之细小物象，忽转出荆州故人相望之迢远境界，又足见笔力之巨，转换自如。两片起头，境界远大，一等相称。此皆值得体味。"渭水西风，长安乱叶，空忆诗情宛转。"此三句再转，怀念汴京之故人，笔法同于上三句。词人二三十岁时居汴京多年，与汴京友人交谊亦深。前二句化用贾岛《忆江上吴处士》诗："秋风吹渭水，落叶满长安。"王国维《人间词话》评云："此借古人之境界为我之境界者也。然非自有境界，古人亦不为我用。"真是知甘苦之言。以长安代汴京，宋词习见。词人遥想汴京正当清秋，故人追怀往事，不免念及昔年汴京之秋结伴同游，或行吟水畔，或登高能赋，我诗情之宛转，深得故人知赏，然而今日故人追忆，终是一场空幻。悬想虚摹之笔，几于出神入化。（南宋陈郁《藏一话腴外编》卷上，著录清真《薛侯马》、《天赐白》二诗，皆元丰年间在汴京太学时所作。前诗序云"同舍赋诗者十一人，仆与其一焉"，后诗序云"蔡天启得其事于西人，邀余同赋"，犹可想见清真少年居汴与友人赋诗的情形。）接下来，"凭高眺远"一句，笔法同于上片"云窗静掩"，以上两层悬想，是登高望远之所思。以下种种情景，为登高望远之现境。词人登高眺远，一如故人相望，皆杳不可见也。无可奈何,唯有逃愁于醉乡而已。“正玉液新篘,蟹螯初荐。”篘,漉酒竹器,此用作动词,训漉。杜荀鹤断句诗“新酒竹篘篘”,后一“篘”字用法相同。蟹螯即指螃蟹。下句语出《世说新语·任诞》:“毕茂世(卓)云:‘一手持蟹螯,一手持酒杯,拍浮酒池中,便足了一生。’”此二句意谓正当美酒新漉、螃蟹登市的时节,我借酒浇愁,一醉方休。“醉倒山翁,但愁斜照敛。”上句自比山翁,典亦出《世说新语·任诞》:“山季伦(简)为荆州,时出酣畅,人为之歌曰:‘山公时一醉,径造高阳池。日暮倒载归,酩酊无所知。’”下句用“但愁”二字陡转,“愁”字尤为重笔。纵然酩酊大醉,但仍无计逃愁,忽见夕阳西沉,词人此心,顿时沉入无穷迟暮之悲。“但愁斜照敛”,是词情发展的必然结穴,包孕最为深刻。与起笔“绿芜凋尽台城路”遥相映照,极富于启示性。陈廷焯《白雨斋词话》卷一评语,有真知灼见,评云:“‘绿芜凋尽台城路,殊乡又逢秋晚’,伤岁暮也。结云‘醉倒山翁,但愁斜照敛’,几于爱惜寸阴,日暮之悲,更觉余于言外。”真善读词者也。唯有谛知生命价值之人,才是爱惜寸阴之人。光阴虚掷之痛苦,又岂是尽人皆知。结句沉痛,但启示着珍惜寸阴之意味,又有高致。

清真此词发舒迟暮之悲,亦缅怀荆、汴故人。汴京、荆州两地,乃是词人度过一生中最美好时光的地方。缅怀少年旧游,似具有一种暮年回顾平生的意味。也许正因为如此,其迟暮之悲便包含着悲慨整幅人生的深沉意蕴。全词的艺术造诣正是与此高度结合。全幅词境,时空囊括了暮年与少年,江宁与荆州、汴京。词境展开于绿芜凋尽台城路,用大笔濡染,接入云窗静掩一节,续写悲秋之感、念旧之意,换为工笔勾勒。由此引发遥想荆、汴,又将词境拓向深远,笔力则巨。最后写出眼前之斜照西敛,突出核心意蕴迟暮之悲,收以重笔。运笔造境,大含细入,致密浑成。由此可见词人暮年笔力不衰,亦可见其平生真积力久。清真词,确如楼钥之所言:“一何用功之深而致力之精耶!”此词风格则沉郁苍凉,在清真集中别具一格,实为

【原文】

词人暮年老成不可多得之作。

（邓小军）

四园竹

浮云护月，未放满朱扉。鼠摇暗壁，萤度破窗，偷入书帏。秋意浓，闲伫立，庭柯影里。好风襟袖先知。　　夜何其。江南路绕重山，心知谩与前期。奈向灯前堕泪。肠断萧娘，旧日书辞。犹在纸。雁信绝，清宵梦又稀。

调名《四园竹》，又作《西园竹》，为美成创调。词乃秋夜怀人之作。起韵“浮云护月，未放满朱扉”，夜景。杜甫诗：“明月生长好，浮云薄渐遮。”（《季秋苏五弟缨江楼夜宴》）美成翻出新意，说“浮云”为了“护月”，轻轻将月亮遮住，没有让她照彻朱扉，起首已透出黯然景象。次韵“鼠摇暗壁，萤度破窗”，这两句对仗，上句是耳闻之声，下句是目睹之景，“偷入书帏”紧接。齐己《萤》诗“夜深飞过读书帷”，是其所本。万籁寂静之夜，词人在陋室之中所闻所见，极萧索凄清。第三韵，用内转之笔，点出时令，并入情。“秋意浓，闲伫立，庭柯影里”，此时词人已不耐凄寂步出庭院，站立树阴。“里”字同部上声叶韵。“好风襟袖先知”，为来到院中第一个感觉。这一句是上片结拍，情景交融。杜牧《秋思》诗“好风襟袖知”，美成润一“先”字，增加了情趣，情绪稍稍振起。然秋宵夜永，独立庭心，已逗出怀人契机。

过片“夜何其”首韵，用《诗·小雅·庭燎》“夜如何其”的诗句，犹问夜已到何时，委婉曲折道出他夜深无眠。次韵“江南路绕重山，心知谩与前期”，第一句写景，接着入情。美成所怀念之伊人，乃在江南重叠山峦之间，旧游之地，历历在目；次句直抒胸臆：我心里明白，当时预约重逢的前期（“前期”，即先订下未来见面的期约），是徒然的，随着情况的变化，是不能实现了。第三韵“奈向灯前堕泪”，“奈”，无可奈何之意。“堕泪”非只今夜事，前时已然，亦包括今夜。“泪”字韵押同部去声。先写“堕泪”，第四韵再补写为何“堕泪”。“肠断萧娘，旧日书辞。犹在纸”，使词人肝肠寸断的是伊人的书信明明还在眼前，“言犹在纸”，“纸”字韵押同部上声。煞拍“雁信绝，清宵梦又稀”，结句低回欲绝。而今不但是音书杳茫，就连梦里见到她的次数也少了。李义山《离思》诗“朔雁传书绝”，毛熙震《菩萨蛮》词“斜月照帘帏，忆君和梦稀”，美成将李诗、毛词之意组合起来，构成一种完全绝望的沉哀，极具境界。

《四园竹》系四声慢词，以平韵为主，兼押上去。上片景中寓情，和缓纡徐，无激切语，过片时间、空间错综，合成忆旧怀人境界，平、上、去三声互押，文极跌宕，情亦激切，与其《风流子》（枫林凋晚叶）、《蕙兰芳引》等可以同读。

（黄墨谷）

氐州第一

波落寒汀，村渡向晚，遥看数点帆小。乱叶翻鸦，惊风破雁，天角孤云缥缈。官柳萧疏，甚尚挂、微微残照？景物关情，川途换目，顿来催老。　　渐解狂朋欢意少，奈犹被、思牵情绕。座上琴心，机中锦字，觉最萦怀抱。也知人、悬望久，蔷薇谢，归来一笑。欲梦高唐，未成眠、霜空已晓。

【鉴赏】

这是一首旅途怀人的词。上片写川途景物，下片写怀念情人。全词姿态飞动，风韵绝佳。

“波落寒汀，村渡向晚，遥看数点帆小。”词人在一个秋天的晚上，水行辛苦，舍舟而陆，暂作歇息。向晚波落，江中汀渚露出潮水下退的痕迹，这是近景；而目光移向远处，看到江帆数点，这是远景。“乱叶翻鸦，惊风破雁，天角孤云缥缈。”起首三句是向江上看去，自近而远。这三句，是抬头向天上看去，也自近而远。“翻字、破字炼得妙”（清陈廷焯《云韶集》评，下同），八字不但写出了动态，而且传出一片秋声。一阵风起，落叶乱舞，惊起暮鸦翻飞；排成字儿的鸿雁，也被风冲破了行列。周词《庆春宫》“惊风驱雁”的“驱”是写雁阵顺风而飞，好像风在后面追赶似的；“破”是写雁阵逆风而飞，惊风迎面吹来，冲散了行列。周词炼字之精确，于此可见。这三句也是自近而远，“乱叶”句尚在地上，“惊风”句已在天空，“天角孤云缥缈”，目力所注那就更远了。身处客地，心向远方，情思缥缈，黯然神伤。“官柳萧疏，甚尚挂、微微残照？”不说斜阳映柳，而说柳挂残照，出语自奇。这两句再落实到“向晚”，经秋杨柳枯悴，已非柔条袅娜，为什么残阳还以它微弱黯淡的光映照在上面，使人更增羁旅迟暮之感呢？词人的羁愁绮思，纷至沓来，已无法抑制了。于是前结“景物”三句用勾勒之笔，小结上片，使上面以工笔画出的三组形象，束在一起，凝固有力，起着结上生下的作用。周济说的“他人一勾勒便薄，清真愈勾勒愈浑厚”（《介存斋论词杂著》），恐怕就是这个意思。

接着下片：“渐解狂朋欢意少，奈犹被、思牵情绕。座上琴心，机中锦字，觉最萦怀抱。”原来催促词人老去的，主要还不是节序的更易，景物的变换，而是由于苦苦思念着远方的情人。换头先从侧面衬出自己的“欢意少”，并不是正面写狂朋。“狂朋”，指和自己一样狂放不羁的人。当年京华，珠歌翠舞，而今漂泊他乡，终日为思情牵绕，再没有寻欢作乐的意绪了。“座上琴心”用司马相如琴挑卓文君的故事。这里指词人心中一直牵挂着的情人，当初是在宴会上心招目成的。“机中锦字”用前秦窦滔因罪徙流沙，其妻苏氏织锦为回文诗以赠的故事。这里指情人寄来的音书，是词人最珍惜的。

“也知人、悬望久”，设想所思之人对我亦当如是，从上三句转出，即苏轼《蝶恋花》词“我思君处君思我”之意。“蔷薇谢，归来一笑”，是对“悬望”人的应答，说：蔷薇凋谢、春天将尽时，应是我们一笑相见的日子。这里化用杜牧《留赠》诗：“舞鞾应任闲人看，笑脸还须待我开。不用镜前空有泪，蔷薇花谢即归来。”词人困于行役，漂泊江乡，暗许明年春尽当归，也是聊以慰情罢了。归期尚远，而思念正殷，故盼有“高唐”之梦；但因“思牵情绕”，夜不成眠，梦未成而天已晓。“欲梦”是愿望，“未成”是结果，写尽此夜难堪。“欲”字下得极准确。“霜空”二字归到眼前，从蔷薇花谢时相逢一笑的暮春幻景，回到乱叶翻鸦、惊风破雁、孤云缥缈、官柳萧疏的深秋现实。戛然止住，词有尽而意无穷。上片秋景用大段文章铺叙，结句只以“霜空”二字微微回应，颇得四两敌千斤之妙。

此词在艺术上有两点很突出：

一、善于摹写秋景。陈廷焯评为“写秋景凄凉，如闻商音羽奏”。上片写秋景，不用突起、总冒的手法，而是迤逦写来，逐层逼紧。“波落”二句，点出了秋与晚，“遥看”六字，不是单纯写景，实是赋而兴也。孤舟一叶，从远处来，还要向远处去，这里不过是临时暂泊而已。“乱叶”三句，已把悲秋之意，逐渐逼紧：昏鸦投宿，风翻不定，旅雁群飞，为风惊散，长途漂泊、像天角孤云的我，能不对此兴感？当此凛秋当此晚，疏柳无情还挂着淡淡斜晖，还为客子添愁增恨，写到这里，羁愁秋恨，已难于抑制了。前结“景物”三句，

【原文】

乃是水到渠成，顺理成章，用“顿来催老”四字作点睛之笔，遂自然地从写景转入了抒情。

二、意态飞动，极顿挫之妙。陈廷焯又评曰：“语极悲惋，一波三折，曲尽其妙。”下片用明转与暗转的手法，“一波三折”，表现了对久别情人的深切思念之情。第一个波折是明转，用了一个“奈”字，意谓自己虽已懂得羁栖幽独，无多欢意，怎奈往事萦心，无法排遣。下面两个波折是用暗转（即不用虚字作转），先是写两地相思，言归无日，但仍存在着春尽归来、握手言欢的想望。接着又否定了这个希望，说不但归去无期，连梦中相见也不成啊！希望是虚无缥缈的，刻骨相思的痛苦却是现实的。

（万云骏）

少年游

并刀如水，吴盐胜雪，纤手破新橙。锦幄初温，兽烟不断，相对坐调笙。　　低声问：向谁行宿？城上已三更。马滑霜浓，不如休去，直是少人行。

关于这首词有一则本事：“道君（宋徽宗）幸李师师家，偶周邦彦先在焉，知道君至，遂匿于床下。道君自携新橙一颗，云江南初进来，遂与师师谑语。邦彦悉闻之，隐括成《少年游》云。”（张端义《贵耳集》卷下）其事确有与否一向有人怀疑（如清吴衡照《莲子居词话》卷一），王国维辨其必无。无论创作缘起如何，文学作品毕竟不同于生活情事的照搬。就这首词而论，词中人物便只是一对秋夜相会的情人罢了。词属双调，意分三层，主要从

女方着笔。

“并刀如水，吴盐胜雪，纤手破新橙”一层。写情人双双共进时新果品，单刀直入，引读者进入情境。“刀”为削果用具，“盐”为进食调料，本是极寻常的生活日用品。而并州产的刀剪特别锋利（杜甫：“焉得并州快剪刀”），吴地产的盐质量特别好（李白：“吴盐如花皎白雪”），“并刀”、“吴盐”借用诗语，点出其物之精，便不寻常。而“如水”、“胜雪”的比喻，使人如见刀的闪亮、盐的晶莹。二句造形俱美，而对偶天成，表现出铸辞的精警。紧接一句“纤手破新橙”，则前二句便有着落，决不虚设。这一句只有一个纤手破橙的特写画面，没有直接写人或别的情事，但“潜台词”十分丰富：谁是主人，谁是客人，谁招待谁等等，读者已能会心，作者也就不多说了。这对于下片一番慰留情事，已具情节的开端。手是纤纤的玉手，初得之新橙，与如水并刀、胜雪吴盐，组成一幅色泽美妙的图画。“破”字清脆，运用尤佳，与清绝之环境极和谐。三句纯是物象，却能传达一种爱恋与温情，味在品果之外。

“锦幄初温，兽烟不断，相对坐调笙”又一层。先交待闺房环境，用了“锦幄”、“兽烟”（兽形香炉中透出的烟）等华艳字面，夹在上下比较淡永清新的词句中，显得分外温馨动人。“初温”则室不过暖，“不断”则香时可闻，既不过又无不及，恰写出环境之宜人。接着写对坐听她吹笙。写吹“笙”却并无对乐曲的描述，甚至连吹也没有写到，只写到“调笙”而已。此情此境，却令人大有“未成曲调先有情”之感。“相对”二字又包含多少不可言传的情意。此笙是女方特为愉悦男方而奏，不说自明。此中乐，亦乐在音乐之外。

上片两层创造了一个温暖馨香的环境，酝足了依恋无限之情，为下片写分别难舍作好铺垫。上片写到“锦幄初温”是入夜情事，下片却写到“三更”半夜，过片处有一跳跃，中间省略了许多情事。“低声问”一句直贯篇

【原文】

末。谁问？未明点，读者从问者声口不难会意是那位女子。为何问？也未明说，读者从“向谁行宿”的问话自知是男子的告辞引起。写来空灵含蓄。挽留的意思全用“问”话出之，更有味。只说夜深（“城上已三更”）、路难（“马滑霜浓”）、“直是少人行”，只说“不如休去”，却不直道“休去”，表情措语，分寸掌握极好。“言马言他人，而缠绵偎依之情自见，若稍涉牵裾，鄙矣。”（沈谦《填词杂说》）这几句不仅妙在毕肖声口，使读者如见其人；还同时刻画出外边寒风凛冽、夜深霜浓的情境，与室内的环境形成对照。则挽留者的柔情与欲行者的犹豫，都在不言之中。词结束在“问”上，结束在期待的神情上，意味尤长。恰如毛稚黄所说：“后阕绝不作了语，只以‘低声问’三字贯彻到底，蕴藉袅娜。无限情景，都自纤手破橙人口中说出，更不别作一语。意思幽微，篇章奇妙，真神品也。”

词中所写的男女之情，意态缠绵，恰到好处，可谓“傅粉则太白，施朱则太赤”，不沾半点恶俗气味；又能语工意新，“香奁泛话吐弃殆尽”（陈廷焯《白雨斋词话》卷六），的确堪称“本色佳制”。

（周啸天）

庆春宫

云接平冈，山围寒野，路回渐转孤城。衰柳啼鸦，惊风驱雁，动人一片秋声。倦途休驾，淡烟里、微茫见星。尘埃憔悴，生怕黄昏，离思牵萦。　　华堂旧日逢迎。花艳参差，香雾飘零。弦管当头，偏怜娇凤，夜深簧暖笙清。眼波传意，恨密约、匆匆未成。许多烦恼，只为当时，一饷留情。

【鉴赏】

这是一首旅途怀人的词。上片着重描写旅途所见秋景，下片着重回忆与意中人的遇合，孤寂萧索与繁华热闹两极相互对应，也颇有它的特点。

“云接平冈，山围寒野”，是一对偶句，从云和山着眼，极力描摹开阔广漠景象，“接”和“围”两个动词，也显得有气势。“路回渐转孤城”，道路经过几番回转以后，才逐渐地看到了远处的城郭。“渐”字有韵味，即表示原野广阔、路途遥远曲折，又能透露行人旅客那焦灼期待的心情。“衰柳啼鸦，惊风驱雁”，又是一对偶句，这一偶句是把重点描写的鸦和雁放在第四字的位置上，与前一偶句把云、山放在第一字，位置安排不同，形成错落之势。两句通过乌鸦和鸿雁的啼声，极力描摹秋季原野上的肃杀气氛。“惊风驱雁”四字，最见精彩。用“惊”字形容秋风，除了说它猛烈之外，还能使人觉得节序变换之迅速，从而产生一种仓皇无措之感；说鸿雁是被秋风驱赶而南飞，还有比喻人生道路上的为世事所驱遣而不由自主的意思。“动人一片秋声”，“动人”二字并不突兀，因为它只不过是把上文写景之中所包含的抒情成分点明罢了。“秋声”，当然是指鸦啼、雁唳和风吹的声音，但与“一片”相连接，则是为了与开头所描写的广漠原野相照应。由于环境寂静，声音便传得远；又由于有一些单调的声音，而周围的环境却会显得更加寂静。周邦彦词，周严细密，善于使用暗榫以作前后之关合照应，这一点，从解说过的几句当中就可以看得出来。以下转入叙事。经过一天旅途劳累，投宿之时，暮霭中依稀见到星光。当此时入黄昏，人也暂得休闲。身体休息而脑子却忙了起来，长途行旅人往往有这种体验。“倦途休驾，淡烟里、微茫见星”是当日事；“尘埃憔悴”则是多日积累。因分别日久，故引出“离思牵萦”，趁黄昏休歇时遂乘隙而来。王实甫散曲《十二月带尧民歌》“自别后遥山隐隐”一首说：“怕黄昏忽地又黄昏，不销魂怎地不销魂。”虽所写有离人与思妇

【鉴赏】

之不同，而体会黄昏时刻最易使人感到孤独、引起离愁，则是一致的。

下片写回忆中的往事，一派花团锦簇，内容陡然而变。“华堂”，指歌舞欢宴之地；“逢迎”，指交接过从之事。“花艳参差，香雾飘零”八字，极写众多美女之足以令人眼花心醉。“花艳”，喻指女郎的美貌。作者《玉楼春》有“大堤花艳惊郎目”之句，与此同本于南朝乐府诗《襄阳乐》。“香雾”是美人香气，“雾”言其浓若可见，又飘荡弥漫无所不至。写美人，先写其色，复写其香，总写其多（“参差”喻多）。如此加倍地去写美人，不会没有缘故。那众多美人是什么人？不是主人的宅眷，也不是女宾，下句点明，是“弦管当头”，那是一班吹弹歌舞、为华筵助兴添欢的女乐。唐崔令钦《教坊记》说：“伎女入宜春院，谓之内人，亦曰前头人，常在上（皇帝）前头也。”这就是“弦管当头”了。前面写华堂之集、美女之美，是为了这班乐伎的出场作先声夺人之势，但目的还在下文说出——“偏怜娇凤，夜深簧暖笙清”，是众多乐伎中他所独爱的一位吹笙的美人。“娇凤”言其小，又言其美，同时又兼指她演奏出来的那悠扬动人的、如同凤鸣一般的笙乐。“簧暖笙清”，周密对此有个很好的解释。《齐东野语》卷十七“笙炭”条说到焙笙：“用锦熏笼藉笙于（炭）上，复以四和香熏之。盖笙簧必用高丽铜为之，艶以绿蜡，簧暖则字正而声清越，故必用焙而后可。……乐府亦有‘簧暖笙清’之语。”所谓“乐府之语”，即指美成此句而言。特写“夜深簧暖笙清”一句，当是宴席到深夜时她在作笙独奏，所以惹人注目，也得到他的特别怜爱。既然如此，他在神情举动上就一定有所表现，而为伊人所注意，于是她便“眼波传意”，那就是“美目流盼”、“独与予兮目成”，写得活灵活现了。“眼波传意”，也就是下文的“一饷留情”。原来特写吹笙的“娇凤”，又是因为有她的这一个“眼波传意”！下片赋笔铺叙至此，总算交出了底。接着却又急转直下，“恨密约、匆匆未成”，终于没有能够达到圆满的结局，留下了深深的遗恨。结尾几句，也很值得玩味，“许多烦恼，只为当时，一饷留情”。“一饷留情”前，应藏有一个“她”字，又应藏有一个“我”字。既称“烦恼”，就有悔悟之意，然而此处所谓的“烦恼”属狡狯之笔，读者倘若真的认作悔悟，就流于皮相之见了，把它理解为作者另一词中的“拚今生，对花对酒，为伊泪落”（《解连环》），恐怕倒还接近些。

周邦彦有不少词，跟这一首相似，好像都包含着一段他自己经历过的“本事”在内，写的都是他的恋爱史似的，然而，是否确有其事或是确如其事呢？那是无从查考的。对于这个问题，应取少信多疑的态度，多从虚拟的角度去设想，不宜处处坐实。因为词人填词，也完全可以凭借想象进行虚构，在他熟悉的生活范围之内，鸟飞鱼跃，驰骋才华。倘若把词的创作题材仅仅局限于词人自己的实际生活经历，那么，他的创作道路就未免太狭窄了。

（王双启）

醉桃源

冬衣初染远山青，双丝云雁绫。夜寒袖湿欲成冰，都缘珠泪零。

情黯黯，闷腾腾，身如秋后蝇。若教随马逐郎行，不辞多少程。

这是一首小令，把一个妇女相思情深的衷怀，曲曲如绘地写了出来。

“冬衣初染”，表明这衣服是新的。“远山青”是说衣服的颜色如远山的青色。旧说“赵合德为薄眉，号远山黛，乃晴明远山之色也”。又可见这“远山青”色是很美的。首句正是写衣服的新和美。

次句着重写衣上的花纹。“双丝”，言此衣质地精致；“云雁”指衣上花

【鉴赏】

纹。这种精心描绘妇女衣饰的手法，在温庭筠词里很常见，如“凤凰相对盘金缕”（《菩萨蛮》），说衣上的花纹是一对用金线绣成的凤凰；“金雁一双飞，泪痕沾绣衣”（《菩萨蛮》），这金雁虽可解释成筝柱或首饰，但也可解释成衣服上绣着一双金碧辉煌的雁；至于“新贴绣罗襦，双双金鹧鸪”（《菩萨蛮》），更把这“襦”（短袄）的美写得无以复加了。从温词的“凤凰相对”、“金雁一双”、“双双金鹧鸪”来看，无不寓有物则成双、人则孤凄的内涵。这里周邦彦用的是“云雁”字样，但雁从来不单飞。所不同的是，温词寓意容易看出，周词寓意更深一层，曲曲地透出了这位妇女的心事。

接着“夜寒袖湿欲成冰，都缘珠泪零”两句，写伊人在寒冷的深夜里，袖子湿了一大片，都要结成冰了，原来是因为泪水不停地流下来。从这两句的语气看，她是直到最后才感觉到“袖湿欲成冰”的。也就是眼泪不停地流，而自己似乎还没有觉得。

“情黯黯，闷腾腾”，过片紧承上阕写人的哀伤、凄苦。下面，奇句突现，说这位心情愁苦闷闷不乐的人此时是“身如秋后蝇”！这个比喻，十分奇特，而由来颇久。唐张鷟《朝野佥载》卷四记：或问张元一曰：“苏（味道）、王（方庆）孰贤？”答曰：“苏九月得霜鹰，王十月被冻蝇。……得霜鹰俊捷，被冻蝇顽怯。”入诗有韩愈《送侯参谋赴河中幕》之“默坐念语笑，痴如遇寒蝇”、欧阳修《病告中怀子华原父》之“而今痴钝若寒蝇”，及以后陆游《杭湖夜归》之“今似窗间十月蝇”等，但运用入词，宋人似仅见于此。“秋后”，天气冷了，最怕冷的蝇，此时软绵绵、懒洋洋，动都不想动，勉强扑到窗前有阳光的地方，也茫然痴呆，似乎再也没有安身立命之所了。可是这个比喻的特具精彩，还得和下两句联起来看：“若教随马逐郎行，不辞多少程。”两句活用“蝇附骥尾以致千里”[①]的典故。你看，这个“蝇”又多么地可爱！方才的“情黯黯，闷腾腾”，一扫而去，条件只有一个——“随马逐郎行”！在古典诗词里写妇女相思念远的，多不可计，那一箩箩的缠绵话和这个精妙比喻比起来，反而觉得絮絮叨叨了。“身如秋后蝇”，妙在语似平铺，而含意深婉。这句五个字，绾上启下：是“情黯黯，闷腾腾”的形象描绘，给人以“静”感；又像一把钥匙启开了下面的艺术之门，这时的“蝇”如附奔马，完全给人以“动”感了。

这首四十七个字的小词，上阕写得平淡无奇，但如无下阕这句奇特的用比，则词意便不会如此“纡徐曲折”，人的感情也不会如此“入微尽致”（陈廷焯评周词语）。明代谭元春论诗有云：“必一句之灵能回一篇之运，一篇之朴能养一句之神”（《题简远堂诗》）。证之于周邦彦这首《醉桃源》词，这“一句之灵”，使全篇为之生色；而这全篇之“朴”，也更衬托出这一句的“神”。朴与灵的巧妙结合，就是这首题材平常的小词给人以不平常之感的艺术奥妙之所在。

（艾治平）

〔注〕 ①《史记·伯夷列传》：“颜渊虽笃学，附骥尾而行益显。”索隐：“苍蝇附骥尾而致千里，以譬颜回因孔子而名彰也。”又《后汉书·隗嚣传》刘秀报嚣书：“数蒙伯乐一顾之价，而苍蝇之飞不过数步，即托骥尾得以绝群。”

夜游宫

叶下斜阳照水，卷轻浪、沉沉千里。桥上酸风射眸子。立多时，看黄昏，灯火市。　古屋寒窗底，听几片、井桐飞坠。不恋单衾再三起。有谁知，为萧娘，书一纸。

【鉴赏】

这首词在《清真集》中归入秋景之什，是编集者所为。题或作“秋晚”、或作“秋暮晚景”，则是选本谬加，把主题缩小了。其佳处并不在写景，而在于通过一些平常之极的秋景细致地传达一种思家怀人的情思。按照周济在《宋四家词选》评语中的说法，词意“本只‘不恋单衾’一句耳”。然而在这一句前，作者却用了大半的篇幅，按日落、上灯、深夜的时间顺序，分三层来写。

前两句写斜阳照水、水流千里的江景。这是秋天傍晚最常见的景象之一，“斜阳照水”四字给人以水天空阔的印象，大类唐人“独立衡门秋水阔，寒鸦飞去日衔山”（窦巩）的诗境。而从“叶下”二字写起，说斜阳从叶下照向江水，便使人如见岸上“官柳萧疏”一类秋天景象。再者，由于看得到“叶下斜阳照水”，则其所在位置是近水处也可知。这一点由下句“桥上”予以补出。这两句虽未写到人，写景物是从人的所在处看出去，则无可疑。且叙写亦极有层次：由树下日照的局部水面，到卷浪前行的一派江水，到奔驰所向的沉沉远方，词人目之所注，心之所思，亦有“千里随波去”之势。景中寓情，有味外味。

紧接“桥上酸风射眸子”（李贺：“东关酸风射眸子”）一句，则把上面隐于句下的人映出，他站在小桥上。风寒刺目，“酸”与“射”这两个奇特的炼字，给人以刺激的感觉，用来写难耐的寒风，比“寒”字“刺”字表现力强得多。这人居然能“立多时”而不去，他在“看”，看什么？难道真的是“看黄昏，灯火市”么？词句虽然这么写来，但那种街市天天有的入夜景象又有什么可看呢？这几句大有“独立小桥风满袖，平林新月人归后”（冯延巳《鹊踏枝》）的意味。它写出了沉浸在思绪中的人，对外部世界的异常的态度。

换头三句，“镜头”换了。是深夜，在陋室。“古屋寒窗”，破旧而简陋的居处，是隔不断屋外风声的，连水井旁的桐叶飞坠的声音也听得极清楚（虽则是“几片”）。这是纯景语，但已大有“悠哉悠哉，辗转反侧”（《诗经·关雎》）之意，其中该夹有“梧桐树，三更雨，不道离情正苦”（温庭筠《更漏子》）那样轻微的叹息。到此为止，词的前面部分俱是写景。而看看流水、街灯，听听坠叶声，这是多么平凡琐屑之景，又是多么没要紧的话呵，组织似乎也并不经意，如零乱道来。然而正是这样一连串的写景，恰如其分地摹状出一个愁绪满怀、无可排遣、寻寻觅觅、冷冷清清的客子的心境。“故没要紧语正是极要紧语，乱道语正是极不乱道语”（刘熙载《艺概》），为后几句的“点睛”，作好了“画龙”的准备。

寒窗风紧，长夜难捱，即使是单薄的衾被，也该裹紧身子，“恋”它一“恋”。却“不恋单衾再三起”！“再三”，则是起而又卧，卧而又起。“单衾”之“单”，兼有单薄与孤单之意。这个惶惶不可终日、而又惶惶不可终“夜”的人，到底有什么心事呢？结尾三个短句方予点醒：“有谁知，为萧娘，书一纸。”原来一切都是由一封书信引起的。全词到此一点即止，余味甚长。有此结尾，前面的写景俱有着落，它们被一条活动的意脉贯通起来，成为一个有机的整体，否则便真成“没要紧语”；而此结又有赖于前面“层叠加倍写法”、“方觉精力弥满”（周济《宋四家词选》评），堪称“点睛”之笔。三句本唐人杨巨源“风流才子多春思，肠断萧娘一纸书”，不过变“春思”作秋思罢了。（萧娘，唐人惯用以指所爱恋之女子。）这里化用，却不明说相思“肠断”意，益觉淡语有味。

“词境”与“诗境”不同，它须“更为具体，更为细致，更为集中地刻画抒写出某种心情意绪”，“常一首或一阕才一意，含意微妙，形象细腻”（李泽厚《美的历程》）。这首词就成功地创造了一种完美的词境。词中两用唐人诗句，略易字面或句法，隐括入律，即妥帖入妙，如自己出，也起到丰富词意的作用。

（周啸天）

【原文】

解语花

上　元

风销绛蜡，露浥红莲，花市光相射。桂华流瓦。纤云散，耿耿素娥欲下。衣裳淡雅。看楚女、纤腰一把。箫鼓喧，人影参差，满路飘香麝。　　因念都城放夜。望千门如昼，嬉笑游冶。钿车罗帕。相逢处，自有暗尘随马。年光是也。唯只见、旧情衰谢。清漏移，飞盖归来，从舞休歌罢。

要赏此词，须知词人用笔，全在一个"复"字。看他处处用复笔，笔笔"相射"，——这词的精神命脉，在全篇的第一韵"花市光相射"句，已经点出，已经写透。

上元者何？正月十五，俗名灯节，为是开年的第一个月圆的良宵佳节，所以叫做元夕、元夜。在这个元夜，我们中华民族的祖先，用奇思妙想、巧手灵心，创造出一个奇境：在这一夜，普天之下，遍地之上，开满了人手制出的"花"——亿万的彩灯；这些花把人间装点成为一个无可比拟的美妙神奇的境界。

此一境界，明明是现实的人间，却又是理想的仙境。上是月，下是灯，灯月交辉，是一层"相射"。亿万花灯，攒辉列彩，此映彼照，交互生光，是第二层"相射"。但是还有一层更要紧的"相射"，来为这异样的仙境作主持者，作个中人——这就是那万人空巷、倾城出游、举国腾欢的看灯人！

游人赏灯，却怎么说是一层"相射"呢？难道人也有"光"不成？

这正是赏析美成此词的一个关键之点。

要知道，在古代的这一夕，是"金吾放夜"，即警卫之士解除宵禁，特许游人彻夜欢游。不但官家"放夜",而且"私家"也"放门"。那时候,妇女是不得随意外出的,当然更不能想象在深宵永夜竟能到红衢紫陌上去尽兴游观了。然而唯独这一夜,家家户户,特许她们走出闺门,到街巷中去看灯赏景!

说"看灯",自然不差,但是不要忘了,正因上述之故,不但为来看灯,更是为来"看人"。这一点无比重要。没有了这,也就没有了上元佳节,——也就没有了《解语花》佳作。

你道那于此夜间倾城出赏的妇女是怎样一种打扮?妙得很:我们这个艺术的民族最懂得什么是美,而且最懂得美的辩证法。在这一夜,女流们不再是"纷红骇绿"、"艳抹浓妆"了,而一色是缟衣淡服,如《武林旧事·元夕》所谓"妇人……衣多尚白,盖月下所宜也"!

把这些"历史背景"了解清楚了,你才能够谈得上欣赏这首上元词的妙处。

上来八个字领起,一副佳联,道是风销绛蜡,露浥红莲。绛蜡即朱烛,不烦多讲。红莲又是何也?原来宋时灯彩,以莲式最为时兴,诗词中又呼为"红莲"、"芙蓉",皆莲灯是也。此亦无待多说。最要体味"风销"、"露浥"四字,早将彻夜腾欢之意味烘染满纸了。当此之际,人面灯辉,容光焕发;人看灯,灯亦看人;男看女,女亦看男。——如此一片交辉互映,无限风光,词人用了一句"花市光相射",五个字包含了这一切!

以下紧跟一句"桂华流瓦",正写初圆之月,下照人间楼屋。一个"流"字,暗从《汉书》"月穆穆以金波"与谢庄赋"素月流天"脱化而来,平添一层美妙。"桂华"二字,引出天上仙娥居处,伏下人间倩女妆梳,总为今宵此境设色勾染。

纤云不碍良宵,但今夜纤云亦不肯略为妨碍,夜空如洗,皓魄倍明。——嫦娥碧海青天,终年孤寂,逢此良辰,也不免欲下人寰,同分欢乐。此一笔,要看他"欲下"二字,写尽神情,真有"踽踽欲动"(东坡语)之态,呼之欲出之神。此一笔,不独加一倍烘染人间之美境,而且也为引出人间无数游女的一种极为超妙的手法。盖以上写灯写月，至此，方出游观灯月之“人”。迤迤逦逦，不期然已如饮醇醪醉人矣。

“衣裳淡雅”一句，正写游女，其淡而雅，早已在上句“素”字伏妥。至此，正出“女”字。亦至此，方出“看”字。皆可为我上所析作证。“纤腰”句加重“看”字神情，切而不俗，允称高手。

以下，用“箫鼓喧”三字略一宕开，而又紧跟“人影”四字，要紧之极，精彩之至！“参差”一词，亦常语也，然而词人迤逦写至此处，拈出“参差”二字，实为妙绝，——万千游赏之人，为灯光月彩所映射，一身具众影，万人聚亿影，而此亿影，交互浮动，浓淡相融，令人眼花缭乱，——能体此境，而后方识“参差”二字之妙绝！

写人至此似已写尽矣，不料又出“满路飘香麝”一句，似疏而实密。盖光也，影也，音也，色也，一一写尽，至此方知尚有味也一义，交会于仙境之间。且此味也，遥遥与上文“桂华”呼应。其用笔钩互回连之妙，至罕见其伦比。我谓此词之妙，妙在处处“相射”，正因此故。

下片以“因念”领起，是全篇过脉。由此二字，一笔挽还，使时光倒流，将读者又带回到当年东京汴梁城的灯宵胜景中去。却忆尔时，千门万户，尽情游乐，欢声鼎沸。“如昼”二字，写灯写月，极力渲染。“去年元夜时，花市灯如昼”，同一拟喻。然汴州元夜，又有甚独特风光？——始出钿车宝马，始出香巾罗帕。“暗尘随马去，明月逐人来”，又用唐贤苏味道上元诗句，暗写少年情事。马逐香车，人拾罗帕，即是当时男女略无结识机会下而表示倾慕之唯一方式、唯一时机，此义又须十分晓解，方能领略其中意味。

回忆京城全盛，不许更与上阕重复，寥寥数笔，补其“不备”——实则方是点题。至此，方写出节序无殊，心情已别，满怀幽绪。“旧情”二字，是一篇主眼，须知词人费许多心血笔墨，只为此二字而发耳。

无限感慨，无限怀思，只以“因念”一挽一提，“唯只见”一唱一叹，不觉已是歌音收煞处。"清漏"以下，有余不尽之音，怅惘低徊之致而已。然亦要看他"清漏移"三字，遥与"风销"、"露浥"相为呼应，针线之密依然，首尾如一。又须看他至一结说出一番心事：旧情难觅，驱车归来，一任他人仍复歌舞狂欢。——盖吾心所索者，只在旧情，若歌若舞，皆与我何干哉！

读古人词，既须赏其笔墨之妙，更须领其心性之美。如此等词，全是情深意笃，一片痴心——亦即诗心之所在。或者不论笔法之钩互，只就"桂华"而斥其"代字"，或谓全篇所写不过衰飒消极，没落低沉……种种皮相，失之岂不远乎。

（周汝昌）

大酺

春雨

对宿烟收，春禽静，飞雨时鸣高屋。墙头青玉旆，洗铅霜都尽，嫩梢相触。润逼琴丝，寒侵枕障，虫网吹粘帘竹。邮亭无人处，听檐声不断，困眠初熟。奈愁极频惊，梦轻难记，自怜幽独。　　行人归意速。最先念、流潦妨车毂。怎奈向、兰成憔悴，卫玠清羸，等闲时、易伤心目。未怪平阳客，双泪落、笛中哀曲。况萧索、青芜国。红糁铺地，门外荆桃如菽。夜游共谁秉烛？

凡词中咏物，无论吟咏某一事物，还是描绘某种自然现象，都不能只停留在外形的刻画和摹写上，而应力求从形似到神似，进而托物言志，寓情于景，达到抒情、写物、喻志、述怀的多种目的。周邦彦这首词题为春雨，不但

【鉴赏】

写了雨，写了雨景，而且能从景物的描写中翻出春雨阻客、流潦妨车的主题，抒发行旅为雨所困的愁闷情绪，富有浓郁的抒情意味，所以受人称道。

开头三句点明题意，为全词布置了一个春雨连绵、雨势滂沱的环境气氛。其中第一、第二句为第三句作铺垫，是说雨意隔宿就已酿成，所以一大清早，浓雾散尽，四野静寂，不闻春鸟啼鸣，只听得阵阵急雨飞洒而下，敲打得屋顶铮铮作响。这三句用一个"对"字领起，使人感到真切。

"墙头"三句写室外的雨景：屋边的嫩竹，正冒着淋漓下注的春雨伸出墙头，青青的竹叶，好比青玉雕成的垂旒，枝竿外皮的粉霜，已被雨水洗刷一清，尖而嫩的竹梢，在风雨的吹打中，东摇西摆，不时地互相碰触。这段写景紧扣主题，颇具新意，词人舍弃了雨打落花的陈腐题材，去吟咏与风雨搏斗的墙头新竹，表明主人公正身处村野孤馆，而不是在庭院之中。

"润逼"三句表面上是写雨天室内的景象，实际上是写主人公被风雨所困的寂寞与无聊：琴丝受潮后，音色不准；枕障被寒气侵袭，一片冰凉；沾满了雨珠的虫网，被风吹得软绵绵地黏附在竹帘上。这些现象，是在百无聊赖之中所感所见，织成一种凄冷孤寂的氛围，所以只有昏昏睡去。紧接着"邮亭"六句便是抒写孤馆困眠的情态。愁中孤眠，最易惊醒，"奈愁极频惊，梦轻难记，自怜幽独"三句将因愁入梦，梦境恍惚以及醒后倍感孤独凄凉的心理状态刻画得细致入微。

上片从暮春的雨景写到客中阻雨的愁闷，以"自怜幽独"作为小结；下片再从雨阻行程写到落红铺地，春事消歇，从而寄寓惜春的感慨。

换头"行人归意速"，重在一个"速"字，归心似箭，但欲速而不达，偏偏遇上淫雨不止的天气，泥泞的道上积满雨水，车毂难行，归期难卜，所以说"最先念、行潦妨车毂"。

从"怎奈向"开始，作者用了一连串的典故，把行旅为雨所阻、欲归不得的愁绪，铺写得淋漓尽致。兰成是庾信的小字，他初仕梁，出使西魏时，恰值梁灭，被留长安，后仕周，长期羁留北方，不得南归，作《哀江南赋》以叙志，又曾作《愁赋》。卫玠，晋人，是当时名士，长得清秀，有羸疾。平阳客，指东汉经学大师马融，他性好音乐，能鼓琴吹笛，一次在平阳客舍，听得洛阳客人吹笛，笛声哀怨，触动了他思念京都的伤感情怀，于是写下了著名的《长笛赋》。以上三个典故是说：自己就像卫玠、庾信那样，瘦减容颜，愁损心目，难怪当年马融在平阳客店听得笛声，会伤心得潸然泪下了。

最后“况萧索”几句，由情及景，并由羁旅愁叹转入惜花伤春的感慨，以结束全词。“青芜国”语出温庭筠《春江花月夜》诗“花庭忽作青芜国”，是说繁花盛开的庭园，经过春雨的摧残，转眼间变成一片萧瑟的杂草丛生的世界。一个“况”字起了承上启下、转折递进的作用。“红糁铺地，门外荆桃如菽”两句是对“青芜国”的补充，意为：春光的余波只剩下几点红糁（糁，米粒，这里喻指落花）洒在青绿的地面上，而门外的樱桃（即荆桃）已褪尽红衣，露出豆粒般大小的幼桃。这一切都表明，春天已在雨声中消逝。此时，主人公不但为归计难成而懊丧，而且因春光消歇而叹息。“夜游共谁秉烛”句即由这两重忧伤而发，一语双结，复与上片歇拍“自怜幽独”遥相呼应，只觉无限的幽恨，无边的寂寞。明李攀龙赞云：“‘自怜幽独’，又‘共谁秉烛’，如常山蛇势，首尾自相击应。”（《草堂诗余隽》引）

本词在句法和音韵方面，亦颇具特色。领字“对”、“奈”、“况”都用去声字，有助于发调振音。三字逗“最先念”、“怎奈向”、“等闲时”、“况萧索”等使语气和节奏显得顿挫有致。“嫩梢相触”、“易伤心目”和“笛中哀曲”都用“仄平平仄”的句式；“洗铅霜都尽”和“听檐声不断”都用“上一下四”的句式。凡此种种，构成了复杂多变的旋律，优美动听的乐章。相传宋徽宗时，朝廷赐酺，演奏了《大酺》和《六丑》两阕，都是周邦彦精心创制的新曲，说明作者具有高度的音乐造诣。

（蒋哲伦）

【原文】

花　犯

梅　花

粉墙低，梅花照眼，依然旧风味。露痕轻缀。疑净洗铅华，无限佳丽。去年胜赏曾孤倚。冰盘同燕喜。更可惜、雪中高树，香篝熏素被。　　今年对花最匆匆，相逢似有恨，依依愁悴。吟望久，青苔上、旋看飞坠。相将见、脆丸荐酒，人正在、空江烟浪里。但梦想、一枝潇洒，黄昏斜照水。

周邦彦的这首词，跨越和打通了三重时间，在今日、昔日、来日间往复盘旋。词思跳动变换，时此时彼；词笔则圆美流转，浑化无迹。

词的上片，由呈现在眼前的梅花回溯去年赏梅的情景。起调“粉墙低，梅花照眼”两句，总领全篇，以下对昔日的回忆、对来日的想象，都由此景生发，正如陈洵所说，这七个字“已将三年情事一齐摄起”（冯平《宋词绪》引陈洵《海绡说词》未刊稿）。次句中的“照眼”二字，出自梁武帝《子夜四时歌·春歌四首》之一中的“庭中花照眼”句。这里，作者没有具体点明梅花的颜色，略过了花色，只写与粉墙相映照的花光，以光之夺目来显示色之明丽。在写法上与此同一机杼的有苏舜钦诗“时有幽花一树明”（《淮中晚泊犊头》）及郑獬诗“一树高花明远村”（《田家》），都是真实地表达了视觉上最初一瞥的感受。至于其花色之为红为白，抑或为翠绿，这在作者是随之而来的认知，在读者则可以去自由想象。下面“露痕轻缀，疑净洗铅华，无限佳丽”三句，也如陈洵所说，是“复为‘照眼’作周旋”（《海绡说词》未刊稿），进一步写出了梅花之所独具的高出于凡花俗艳的格调。它之照眼，并不靠傅粉施朱，以嫣红姹紫来炫人眼目，而是丽质天成，自然光艳，别有其吸引人视线的风神韵味。这三句本是起二句的延伸和补充，但在其间穿插了"依然旧风味"一句，就使前、后五句所写的既是现时景物又带有旧时色彩，在抚今中渗入了思昔的成分，从而以此为伏笔在上片的后四句中把词思推离现在，引入过去。后四句以"去年"二字领起，在时间上与前六句明白划界。"胜赏曾孤倚，冰盘同燕喜"两句是对去年之我的追述，自思去年孤倚寒梅、与花共醉的情事；"更可惜、雪中高树，香篝熏素被"两句是对去年之花的追念，更爱去年梅花在雪中开放的景象。可以与这"雪中"两句参读的，有王安石《梅花》诗："遥知不是雪，为有暗香来。"王诗写梅花开时遥望似雪，因有暗香传来而知其不是雪，景中实无雪，只是以雪暗喻花。周词所写，则是梅花真为积雪覆盖，一望皓白，形色难辨，而暗香仍阵阵从雪中传出，有如香篝之熏素被。

词的下片，使词境又由过去回到现在，再跳到未来。换头领以"今年"二字，与上片后四句开头的"去年"二字相对应。这样，全词既在时间上极尽错综变换之能事，而又界限清楚，转折分明。这首词，上、下片的前半都是写眼前所见的梅花。如果说上片"粉墙低"以下六句是写梅花的形态与风韵，这下片"今年对花"以下五句则是写梅花的情态和愁恨；前者写梅花之盛开，后者写到梅花之凋落。"对花最匆匆"句有两重含意：既是自叹，又是叹花；既叹自身去留匆匆，即将远行，又叹梅花开落匆匆，芳景难驻。"相逢似有恨，依依愁悴"两句，则是以我观物，移情于景，化作者的愁恨为梅花的愁恨，把本是无知无情的寒梅写得似若有知、有情。这两句末尾的一个"悴"字已预示花之将落，紧接着承以"吟望久，青苔上、旋看飞坠"二句，则进一步写花的深愁苦恨及其飘零身世，而从吟望之久也可见作者对花时的流连怅恨之情。

写到这里，既从景与情两个方面写了今年的对花，也写了去年的胜赏，既描画了梅花的容色，也表述了梅花的情意，照说题目已经做足，似乎再没

【鉴赏】

有可下笔之处了。但是，词情充溢、词思泉涌的作者，意犹未尽，以出人意表之笔，由现时的感受、昔年的回忆，又跳到来日的想象，从而使词境在“山重水复疑无路”之际又进入了另一天地。“相将见、脆丸荐酒，人正在、空江烟浪里”两句，纯从空际落想。上句写梅，但所写的是眼前还不存在的事物，是由眼前飞坠的花瓣驰思于青绿脆圆的梅子；下句写人，但所写的是将出现于另一时空之内的人，是预计梅子荐新之时，人已远离去年孤倚、今年相逢之地，而正在江上的扁舟之中。结拍“但梦想、一枝潇洒，黄昏斜照水”两句，从林逋《山园小梅》诗中的名句“疏影横斜水清浅，暗香浮动月黄昏”化出，而从词思的跳跃来说，与李商隐《夜雨寄北》诗“何当共剪西窗烛，却话巴山夜雨时”有异曲同工之妙。李诗是身在巴山，把诗思跳到故园的西窗之下，再从西窗下又跳回巴山；周词则在花开之时、对花之地，把词思在时间上跳到梅子已熟时，在空间上跳到空江烟浪里，再从彼时、彼地又跳回花开时、花开地。这一词思的跳跃与回环，正是其运思的特点所在，也是这首词的深曲之处。

这首词以《梅花》为题，从纵向看，写了梅花的一生——从“梅花照眼”写到“旋看飞坠”，最后写到“脆丸荐酒”；从横向看，写了梅花的各个方面——写了花光，写了花香，写了花容之佳丽，也写了花的愁恨之情、潇洒之态，还借助粉墙、露痕、冰雪、青苔、黄昏、池水的衬托、烘染，充分显示其姿色、风韵。作为一首题作《梅花》的词，确对梅花作了多角度的写照；但它又不是一首单纯咏物的词。作者并不是为写梅花而写梅花，而是在写梅花的同时也自我表述了现在、过去、未来的处境和踪迹，把自我的身世之感融入对外界景物的描写之中，正似《蓼园词选》所评析：“总是见宦迹无常、情怀落寞耳。忽借梅花以写，意超而思永。”可以说，这首词句句都在写梅花，而句句背后都有作者的身影在。

（陈邦炎）

水龙吟

梨　花

素肌应怯余寒，艳阳占立青芜地。樊川照日，灵关遮路，残红敛避。传火楼台，妒花风雨，长门深闭。亚帘栊半湿，一枝在手，偏勾引、黄昏泪。　　别有风前月底。布繁英，满园歌吹。朱铅退尽，潘妃却酒，昭君乍起。雪浪翻空，粉裳缟夜，不成春意。恨玉容不见，琼英谩好，与何人比？

美成咏物词以咏花为最多，大都以主体立干，通过花来抒写自己的怀抱。这首咏梨花则纯是体物之作，以秾艳著称。他罗致许多梨花故事，来塑造花的精神风格。笔力矫健，袭古弥新，词境恢宏阔大，是美成杰作之一。

上片首韵“素肌应怯余寒，艳阳占立青芜地”，“素肌”喻梨花之色白。李白诗：“柳色黄金嫩，梨花白雪香。”梨花开在晚春时节，故说“应怯余寒”，“应”字，下得轻；“艳阳”，《花间集》毛熙震《小重山》：“群花谢，愁对艳阳天”。杜牧诗：“带叶梨花独送春”，梨花开时春草已长，所以说“占立青芜地”。首韵用工笔描绘梨树亭亭玉立在艳阳明媚的青草地上，合时和地，创一种静穆的自然境界。“素肌”、“怯余寒”、“占立”，都是用拟人化手法。第二韵，把境界再扩大，“樊川照日，灵关遮路，残红敛避”。时间回溯到汉武帝时代，在长安有一所名为“樊川”的梨园。“照日”，乃“日照”的倒装，以与“遮路”作对。“灵关”，《汉书·地理志》云：灵关在越嶲郡。谢朓有《谢随王赐紫梨启》云：“味出灵关之阴”，注云：灵关，山名，种梨，树多遮路。“敛”字，解作“收”，意谓在“樊川”、“灵关”，都是一片雪白梨花，残春落红，均敛迹避去。这一韵，用豪放之笔，勾画出一极壮阔的空间。第三韵转笔写梨花开落的时间："传火楼台，妒花风雨，长门深闭。"韩翃《寒食》诗："日暮汉宫传蜡烛，轻烟散入五侯家。"美成将这两句诗概括成"传火楼台"四个字，极形象而有境界。清明节前二日为寒食，不举火，唐俗清明日皇帝取榆柳之火以赐近臣。"传火"指清明日，"楼台"，代指近臣家，即韩翃所称五侯家，这四字合时间、空间而成境界。"妒花"，出杜甫诗："春寒细雨出疏篱，风妒红花却倒吹。""长门深闭"，用汉武帝陈皇后事，兼取刘方平《春怨》诗意："寂寞黄昏春欲晚，梨花满院不开门。"此韵每句都切时令暮春，点化前人诗句，使梨花的形象更为鲜明。上片以情结："亚帘栊半湿，一枝在手，偏勾引、黄昏泪。""亚"字作"压"解，动词，省略主语梨花，"帘栊"，指居室的户帘及窗牖。"亚帘栊半湿"，应解为半湿的梨花树枝压在窗牖上，美成常用这种"拗句"作提笔入情，成为一篇之"警策"。白乐天诗："闲折两枝时在手。"《花间集》薛昭蕴《离别难》："偏能勾引泪阑干。"美成化用一诗一词之意，提炼成为"一枝在手，偏勾引、黄昏泪"，"泪"前加"黄昏"，点明时间，此泪，是伤春之泪，甚而是怀人之泪，此中有人，呼之欲出。此韵句法参差，作一、四、四、三、三，急拍哀弦，得"咽"字诀，难以为继。但过片出人意表，用"别有"二字急转，变换境界，以雄健之笔，宕开写去，用唐明皇以汉武帝梨园旧址，选子弟教法曲故事，创造境界。"风前月底"，只四个字，把当年明皇梨园的风流韵事作高度概括，"布繁英，满园歌吹"，想见当年梨园里梨花香雪，丝竹管弦，何等兴会！紧接用三个四字句"朱铅退尽，潘妃却酒，昭君乍起"，再渲染梨花的洁白和梨花的性格。第一句喻其纯净。第二句将南齐东昏侯潘妃引入。史称潘妃颜色"絜(洁)美"。却酒不饮，红色不上脸，保持其洁白本色，以衬梨花之白。第三句，借琴操昭君歌有"梨叶萋萋"之句，便以昭君这位历史人物的美丽形象来作比兴。这一韵和上片第一韵同是运用拟人化手法。至此，就梨花本身传神写照，笔墨已多，再写则赘，收煞又难。下一韵起忽然转从对面落墨，于比较中见尊崇之意。首先拿来对比的是李花。李花也是白色的。韩愈诗："风揉雨练雪羞比，波涛翻空杳无涘。"(《李花赠张十一署》)王安石诗："积李兮缟夜，崇桃兮炫昼。"(《寄蔡氏女子》)美成由此化出"雪浪翻空，粉裳缟夜"(缟夜，使黑夜生白)二句，谓此李花"不成春意"，自不足以比梨花。花不足比，人又如何？煞拍以一"恨"字领三个四字句："玉容不见，琼英谩好，与何人比！"可比的人亦不可得。

白乐天《长恨歌》用"玉容寂寞泪阑干，梨花一枝春带雨"来形容太真妃的容貌，又以"马嵬坡下泥土中，不见玉颜空死处"说她的死，"玉容"同"玉颜"，美成在这里暗指太真妃已再也见不到了。"琼英谩好"，"谩"作"徒"或"空"解，琼英，谓雪。雪又称作"玉妃"，此双关雪与人[①]，意谓：说琼英那么好，也不见得。结句发出梨花的标格如今无人可比的叹息。此两韵从对面推尊梨花，结束全篇，意韵有余不尽。

此词虽以写景胜，然上片以情语结，下片以比兴煞拍，极沉郁顿挫。词中四字句，多作对偶，用六朝骈俪句法，故近代著名词学家乔大壮评此词云："四字句法，足资师守；转接处，动荡处，尤开无数法门。"

(黄墨谷)

〔注〕 ① 韩愈《辛卯年雪》："白霓先启涂，从以万玉妃。"姜夔《清波引》："冷云迷浦，倩谁唤玉妃起舞。"均指雪。

六　丑[①]

蔷薇谢后作

正单衣试酒，怅客里光阴虚掷。愿春暂留，春归如过翼[②]，一去无

【原文】

迹。为问花何在？夜来风雨，葬楚宫倾国[3]。钗钿堕处遗香泽。乱点桃蹊[4]，轻翻柳陌，多情为谁追惜？但蜂媒蝶使，时叩窗槅[5]。东园岑寂，渐蒙笼暗碧。静绕珍丛[6]底，成叹息。长条故惹行客。似牵衣待话，别情无极。残英小，强簪巾帻；终不似、一朵钗头颤袅[7]，向人欹侧[8]。漂流处，莫趁潮汐。恐断红[9]尚有相思字，何由见得。

〔注〕 ① 六丑：此词一题“落花”。 ② 过翼：飞过的鸟。杜甫《夜二首》诗：“村墟过翼稀。” ③ 楚宫倾国：楚宫美人，喻蔷薇花。 ④ 乱点桃蹊：乱点，落花飞散貌；桃蹊，桃树下的路径。 ⑤ 窗槅：即窗棂。 ⑥ 珍丛：指蔷薇花丛。珍，贵重。 ⑦ 颤袅：摇曳。 ⑧ 欹侧：偏向一旁。 ⑨ 断红：落花。

此词据调后题目“蔷薇谢后作”，可知是咏物之词。但词中咏物，往往和咏怀密切相关。沈祥龙《论词随笔》：“咏物之作，在借物以寓性情，凡身世之感，君国之忧，隐然蕴于其内，斯寄托遥深，非沾沾焉咏一物矣。”周邦彦此词，决不是单咏蔷薇，而是寄寓着深刻的身世之感。词中的比兴最普遍、最常用的手法是伤春与伤别。春，是美好事物的象征，而花又是春的象征。“惟草木之零落兮，恐美人之迟暮”（屈原《离骚》），“盛年处房室，中夜起长叹”（曹植《美女篇》），花草的凋零，春光的消逝和华年的不再，怀才的不遇，形象的内涵上自有其本质意义的联系。这已是在我国古典诗歌的艺术传统上成为人所熟知的东西了。只有用这样的比兴手法来观察周邦彦《六丑》这首所谓“咏物”之作，才能深入理解词中人惜花，花恋人，人花相恋，难解难分的思想感情。

这词上片写花谢，还是题前文字，下片写谢后，才是正面文章。但上下片又是互相烘托，互相映衬的。

《六丑》词的基调就是伤春与伤别。“正单衣试酒，怅客里光阴虚掷”，是伤别；“愿春暂留，春归如过翼，一去无迹”，是伤春。这五句起得好。元陆辅之《词旨》说：“对句好可得，起句好难得，收拾全借出场。”长调的篇章结构，自柳永、苏轼、秦观而至周邦彦，可谓已集其大成。周词谋篇之妙，前人屡有称述。但就其长调而论，开头以平起者多，突起者少。所谓“其妙在笔未到而气已吞”（刘熙载《艺概》）的，也不过数词。如这首开头起得突兀，又笼罩全篇，读后使人产生一种十分凄切、紧迫的感觉。“愿春暂留”三句紧承慨叹春光将尽，客里光阴虚费而来，从感情上再加强一层。周济评这三句：“十三字千回百折，千锤百炼。”的确如此。这三句一波三折，一句一转：不是愿春久留，而只是愿春暂留，一转；春不但不能暂留，而去如飞鸟之疾，二转；不但去得疾，而且荡焉泯焉，影迹全无，三转。这在感情上一层进一层、一层紧一层地反映出词人对将去之春的痛惜留恋之情，所以说是“千回百折”。为什么又说“千锤百炼”？词人要写的内容很丰富，原要用许多话才能表达，但经过锤炼，删成少量的字句，却“字少而意多”，同样能把丰富的诗意表达出来。我们试寻绎一下这三句极意锤炼之处。愿花长好，月长圆，春长在，这是词人过去的少不更事的天真的想法，而实际上是事与愿违，花开必谢，春来必去，要她长在是空想，要她久留也不可能。现在经过长期的、惨痛的经验，自动把愿望降低了，那么即使是“暂留”一下也好吧！但是，不但愿春暂留片刻而不可得，而且她转瞬即逝，杳如黄鹤。“流水落花春去也，天上人间”（李煜《虞美人》）。这在多愁善感的词人是多么伤心惨目的事啊！如此曲折委婉的意思用十三个字就表达清楚了，所以说是“千锤百炼”。接着就用“为问花何在”提问，淋漓尽致地描绘蔷薇花凋尽时的惊心动魄的场面。

【鉴赏】

“春眠不觉晓，处处闻啼鸟。夜来风雨声，花落知多少?”(孟浩然《春晓》)诗人虽然夜闻风雨声而担心花落，但侵晓未醒，醒后始问，毕竟关心不多。“昨夜三更雨，临明一阵寒。海棠花在否？侧卧卷帘看。”(韩偓《懒起》)虽也关心海棠花的存在与否，但慵卧不起，卷帘而看，情绪并不十分紧张。只有温庭筠“夜闻猛雨拼花尽”(《春日偶作》)诗句中所写的情绪，与此处有些类似。试想一夜风狂雨骤，岂还有不把蔷薇吹完打尽之理？词人听风听雨，彻夜无眠，也已经横下了一条心，硬着头皮“拼花尽”了。他虽没有出外行走，但神经却十分敏感，在想象中，无数蔷薇花片，已在桃蹊柳陌上乱点轻翻，可怜玉碎香消，有谁怜惜，只有蜂媒蝶使，一起忙乱了一番，屡叩窗槅，算是在给倾国佳人哭泣送葬罢了。这是何等“意夺神骇，心折骨惊”的场景啊!

但这只写花落，还不过是题前文字。

下片写谢后，才是题目的正面。

前人写落花的虽多，但以写落时为主。“一片花飞减却春，风飘万点正愁人”(杜甫《曲江》)，“将飞更作回风舞，已落犹成半面妆”(宋祁《落花》)，稍稍涉及落后。词中写花落更多。“兰露重，柳风斜，满庭堆落花。”(温庭筠《更漏子》)“帘外落花飞不得，东风无气力。”(陈克《谒金门》)这些都提供了鲜明生动的艺术形象。但是，《六丑》词不着重写花落之时，而写花落之后，而且塑造了一系列鲜明生动的形象，这在诗词中却是并不多见的。

你看！词人经过了情绪十分紧张的不眠之夜，清早起来，步入东园，他绕着无花的蔷薇，踽踽独行，凭吊谢后的蔷薇，发出轻轻的叹息声。周围是死一般的沉寂，一个“岑寂”，一个“静”字，用复笔写出了自然环境的凄冷和词人心头凄冷的交织。现在眼前既是一片空寂，一般人写到这里，可能已成强弩之末。但词人凭他一管生花妙笔，“扫处即生”，凭空结撰，竟生出下面如许妙文来。

第一个是长条牵衣待话的形象。当词人静绕蔷薇丛下时，已经脱尽残红的柔条却牵住他的衣服（因蔷薇茎有刺，故云），似有无限离别之情要向他倾诉。这是写花恋人。其次写人惜花。当词人正在心灰意冷时，偶然瞥见枝头上一朵残花，就顺手把它摘下来，插在自己的头巾上，她瘦小憔悴得可怜，但有花终胜无花，这就是“强簪”的一层意思；不过这样一插，却勾起了旧事，当此花盛开时，那时还有玉人同在，鲜艳的花朵插上美人的钗头，是多么逞娇弄色，绰约多姿啊！这就是“强簪”的另一层意思。最后一个形象更是奇情异彩，匪夷所思。“春色三分，二分尘土，一分流水。”（苏轼《水龙吟》杨花词）落花的命运，无非是堕溷飘茵，遭人践踏，还有一部分则是随流水飘去，漂泊无踪，此处断红即残红，“尚有相思字”，似有“红叶题诗”典故的影子。花落水流红，在残红本身也无能为力，但词人却满怀痴情地嘱咐说：你能否挣扎一下不随潮水远去呢？否则你如有相思字儿，我怎能见到呢！人与花已经分离，但还恋恋不舍，余情无限，难解难分如此。此结不但回应了上片的“愿春暂留”和下片的“别情无极”，而且花去人留，两美相别，仿佛死别生离，“此恨绵绵无绝期”，给读者留下十分丰富的想象的空间，真有余音袅袅不绝，绕梁三日之感。王又华《古今词论》引毛先舒云：“长调如娇女步春，旁去扶持，独行芳径，一步一态，一态一变。”刘熙载《艺概》亦云：“一转一深，一深一妙，此骚人三昧（三昧者，秘诀之谓），倚声家得之，便自超出常境。”这些论述，用来评价此词下片，不是非常适当的吗！

这首词是周邦彦的自度曲。据吴衡照《莲子居词话》：“《六丑》词周邦彦所作。上问‘六丑’之义，对曰：此犯六调，皆声之美者，然极难歌。高阳氏有子六人，才而丑，故以比之。”（此似据周密《浩然斋雅谈》）不知此词犯哪六调？声音之美如何？词谱失传，无从探索。但犯调等于南曲中的集曲，而从此词的平仄韵律来看，似乎也可得些线索。如词是顺句与拗句的互用，但拗句少于顺句。凡周邦彦的自度曲，如《兰陵王》、《花犯》等都有这种情况。此词中的拗句有：愿春暂留（仄平仄平），一去无迹（仄仄平仄），时叩窗槅（平仄平仄），长条故惹行客（平平仄仄平仄），莫趁潮汐（仄仄平仄）等。这些平仄拗捩之处，是否像元曲中的所谓“务头”，是曲中美听之处呢？这却无从确定了。

（万云骏）

虞美人

廉纤小雨池塘遍。细点看萍面。一双燕子守朱门，比似寻常时候易黄昏。　　宜城酒泛浮香絮，细作更阑语。相将羁思乱如云，又是一窗灯影两愁人。

悲欢离合与羁旅行役是清真词的两大基本主题。而行役又往往是悲离的原因。所以，这两种主题在清真词中有时便交织在一起，这首词就是如此。

上片之境界，时间是从白天绵延到黄昏，空间是户外。“廉纤小雨池塘遍”，落笔便是一番凄凄雨景。廉纤，是叠韵联绵字，形容小雨连绵不断的样子。此句暗用韩愈《晚雨》“廉纤小雨不能晴”诗意。小雨洒遍池塘，“细点看萍面”。本来，池塘的水面生满了浮萍，故称萍面。现在，词人看那雨中池塘，则是万千雨点，点破了萍面。汪东先生批《郑（文焯）校〈清真集〉》于此句云：“看，戈选（指清代戈载《宋七家词选》）本作‘开’，用李义山诗，于义为长，惜未详所据。李《细雨》诗：‘气凉先动竹，点细未开萍。’”这是个有趣的意见。如果作“细点开萍面”，有“开”这个动词，自然生动。不过，细味原句，看细雨点打在萍面上，分明暗示出点开萍面，又自有一番含蕴。尤其下一“看”字，若不经意，其实正体现了词人此时此境一种无可奈何的情状。那雨点打破萍面，也点点打在愁人的心头上。“一双燕子守朱门，比似寻常时候易黄昏。”雨，连绵不断，故一双燕子守住朱门不飞。燕子不飞，其苦闷情状可想而知。这意象，极富于象征意味。它与下片的“一窗灯影两愁人”遥相叠印。歇拍又与起句遥相呼应，小雨连绵已久，天昏地暗，所以比起寻常时候(天晴时)就更容易黄昏。不过，这只是此句意蕴的一个层次。其深层意蕴是：在今天这样一个时候(将别时)，只觉得光阴比起寻常时候(相处时)过得特别快，很快就进入了黄昏。上片，已为下片点出词情的内蕴作了充分的铺垫。

下片，时间绵延到夜尽，空间则转为室内。“宜城酒泛浮香絮。”宜城酒，是汉代的一种美酒，以产于宜城(今属湖北)而得名。词句化用《周礼·天官·酒正》“泛齐”语及郑玄注文。郑注：“泛者，成(指酿酒成熟)而滓浮，泛泛然，如今宜成(城)醪矣。”黄庭坚《次韵刘景文登邺王台见思》诗有“酒泛酌宜城”之句，任渊注亦引《周礼》及郑注。用此语入诗词，山谷当较美成为早①。但“递相祖述复先谁”，周词此句是否即受黄诗启发而成，或有更早的蓝本，则不必深究了。《周礼》“泛齐”为酒的“五齐”(泛齐、醴齐、盎齐、缇齐、沈齐)之一，郑玄注又谓醴以上尤浊，盎以下差清，则“泛齐”是浊酒了。“泛”即酒面的浮沫，诗词中常说的浮蚁。曹植《酒赋》提到“宜成醪醴”之后又说“素蚁如萍”，晋张载《酃酒赋》更形容它“缥蚁萍布，芬香酷烈”，则此酒又是极香的，即词所谓“浮香絮”。故美成《六幺令》又说：“闻道宜城酒美，昨日新醅熟。”诗词用实语宜虚读，意会它借指美酒就可以了。此时酌此美酒竟为何故？是“细作更阑语”。更阑，即夜尽时分。词境至此，已从黄昏绵延将至天明。词情也大抵揭开了内蕴。词中的一对主人公，相对美酒，情语绵绵，直至夜尽，这番极隆重极沉挚的情景，不就是情人分离前夕依依话别的场面吗？那美酒，正是情人为饯行而设。打从黄昏之前，直到夜尽

【鉴赏】

时分，情话絮絮犹未能已，时间不可谓不久矣，两情不可谓不深矣。天快亮了，我们的主人公们，谈得如何了呢？“相将羁思乱如云，又是一窗灯影两愁人。”相将，是宋时口语，这里意为相共。羁思，即离愁别绪（羁指作客异乡。思这里念去声，作名词用）。原来，男主人公又要远行异乡，临行前夕，乃与情人有此一场难分难舍的话别。天将拂晓，他就要启程了。此刻，他们共同感到的离愁别恨，已撩乱如云，将不可顿脱。油灯下，窗户上，映着两个愁人的影子。这意象，正与上片那一双苦闷的燕子的意象，遥相挽合。虽是情人相对，可是，即将到来的寂寞渐已爬上心头，不仅离愁别绪撩乱如云而已。这一结句，尤可玩味。曰“又是”，则两人已不止一度尝过离别的苦味可知。此度又尝，则别有一番滋味在心头亦可知。曰“一窗灯影两愁人”，挽合从黄昏前到更阑后的廉纤小雨，则可以使人联想到以前一些意境有相似之处的诗歌，如《诗·郑风·风雨》：“风雨如晦，鸡鸣不已。既见君子，云胡不喜？”李商隐《夜雨寄北》：“何当共剪西窗烛，却话巴山夜雨时。”《诗·风雨》描写情人雨夜相逢之喜，义山诗想象夫妻重逢后西窗剪烛之乐（切入夜雨），相比之下，“廉纤小雨池塘遍”，“又是一窗灯影两愁人”，格外凄恻哀感。

这首以爱情和离愁为主题的词，感人处在于情感的朴实沉挚。与之相应，词人并未使用他所娴熟的一些技巧，如结构的错综安排之类，也没有描写送别、别后一类常是最富于戏剧性或最能打动人心的场面，他只是如实写出临别前夕的绵绵话别，就充分表现出爱与愁两大主题。论笔法几乎是一往平铺，论情感正是一往深情。既朴实，又深沉，别具一种极厚重的感人力量。需要略加指出的只有三点：一是词中情境的顺时绵延，以时间加深感情的深度。二是一双燕子与一双愁人意象的叠合，以象征丰富了意蕴的容量。三是用典（用《周礼》经、注）用语（用韩愈《晚雨》、李商隐《细雨》）的贴切，自然，增添了字面的美感。但是在词人，这似乎都不是刻意为之的。

（邓小军）

〔注〕 ① 黄庭坚诗作于神宗元丰七年(1084)。元丰年间周邦彦在汴京为太学生,后为太学正,至哲宗元祐二年(1087)方出京为庐州教授。此《虞美人》词似在黄诗之后。

兰陵王

柳

柳阴直,烟里丝丝弄碧。隋堤上、曾见几番,拂水飘绵送行色。登临望故国,谁识京华倦客?长亭路,年去岁来,应折柔条过千尺。闲寻旧踪迹,又酒趁哀弦,灯照离席。梨花榆火催寒食。愁一箭风快,半篙波暖,回头迢递便数驿,望人在天北。　　凄恻,恨堆积!渐别浦萦回,津堠岑寂,斜阳冉冉春无极。念月榭携手,露桥闻笛。沉思前事,似梦里,泪暗滴。

自从清代周济《宋四家词选》说这首词是“客中送客”以来,注家多采其说,认为是一首送别词。胡云翼先生《宋词选》更进而认为是“借送别来表达自己‘京华倦客’的抑郁心情”。把它解释为送别词固然不是讲不通,但毕竟不算十分贴切。在我看来,这首词是周邦彦写自己离开京华时的心情。此时他已倦游京华,却还留恋着那里的情人,回想和她来往的旧事,恋恋不舍地乘船离去。宋张端义《贵耳集》说周邦彦和名妓李师师相好,得罪了宋徽宗,被押出都门。李师师陈酒送别时,周邦彦写了这首词。王国维在《清真先生遗事》中已辨明其妄。但是这个传说至少可以说明,在宋代,人们是把它理解为周邦彦离开京华时所作。那段风流故事当然不可信,但

【鉴赏】

这样的理解恐怕是不差的。

这首词的题目是“柳”，内容却不是咏柳，而是伤别。古代有折柳送别的习俗，所以诗词里常用柳来渲染别情。隋无名氏的《送别》：“杨柳青青著地垂，杨花漫漫搅天飞。柳条折尽花飞尽，借问行人归不归。”这便是人们熟悉的一个例子。周邦彦这首词也是这样，它一上来就写柳阴、写柳丝、写柳絮、写柳条，先将离愁别绪借着柳树渲染了一番。

“柳阴直，烟里丝丝弄碧。”这个“直”字不妨从两方面体会。时当正午，日悬中天，柳树的阴影不偏不倚直铺在地上，此其一。长堤之上，柳树成行，柳阴沿长堤伸展开来，划出一道直线，此其二。“柳阴直”三字有一种类似绘画中透视的效果。“烟里丝丝弄碧”转而写柳丝。新生的柳枝细长柔嫩，像丝一样。它们仿佛也知道自己碧色可人，就故意飘拂着以显示它们的美。柳丝的碧色透过春天的烟霭看去，更有一种朦胧的美。

以上写的是自己这次离开京华时在隋堤上所见的柳色。但这样的柳色已不止见了一次，那是为别人送行时看到的：“隋堤上、曾见几番，拂水飘绵送行色。”隋堤指汴京附近汴河的堤，因为汴河是隋朝开的，所以称隋堤。“行色”，行人出发前的景象。谁送行色呢？柳。怎样送行色呢？“拂水飘绵”。这四个字锤炼得十分精工，生动地摹画出柳树依依惜别的情态。那时词人登上高堤眺望故乡，别人的回归触动了自己的乡情。这个厌倦了京城生活的客子的凄惘与忧愁有谁能理解呢：“登临望故国，谁识京华倦客？”隋堤柳只管向行人拂水飘绵表示惜别之情，并没有顾到送行的京华倦客。其实，那欲归不得的倦客，他的心情才更悲凄呢！

接着，词人撇开自己，将思绪又引回到柳树上面：“长亭路，年去岁来，应折柔条过千尺。”古时驿路上十里一长亭，五里一短亭。亭是供人休息的地方，也是送别的地方。词人设想，在长亭路上，年复一年，送别时折断的柳条恐怕要超过千尺了。这几句表面看来是爱惜柳树，而深层的涵义却是感叹人间离别的频繁。情深意婉，耐人寻味。

第一叠借隋堤柳烘托了离别的气氛，第二叠便抒写自己的别情。“闲寻旧踪迹”这一句读时容易被忽略。那“寻”字，我看并不是在隋堤上走来走去地寻找。“踪迹”，也不是自己到过的地方。“寻”是寻思、追忆、回想的意思。“踪迹”指往事而言。“闲寻旧踪迹”，就是追忆往事的意思。为什么说“闲”呢？当船将开未开之际，词人忙着和人告别，不得闲静。这时船已启程，周围静了下来，自己的心也闲下来了，就很自然地要回忆京华的往事。这就是“闲寻”二字的意味。我们也会有类似的经验，亲友到月台上送别，火车开动之前免不了有一番激动和热闹。等车开动以后，坐在车上静下心来，便去回想亲友的音容乃至别前的一些生活细节。这就是“闲寻旧踪迹”。那么，此时周邦彦想起了什么呢？“又酒趁哀弦，灯照离席。梨花榆火催寒食。”有的注释说这是写眼前的送别，恐不妥。眼前如是“灯照离席”，已到夜晚，后面又说“斜阳冉冉”，时间如何接得上？所以我认为这是船开以后寻思旧事。在寒食节前的一个晚上，情人为他送别。在送别的宴席上灯烛闪烁，伴着哀伤的乐曲饮酒。此情此景真是难以忘怀啊！这里的“又”字告诉我们，从那次的离别宴会以后词人已不止一次地回忆，如今坐在船上又一次回想起那番情景。“梨花榆火催寒食”写明那次饯别的时间。寒食节在清明前一天，旧时风俗，寒食这天禁火，节后另取新火。唐制，清明取榆、柳之火以赐近臣。“催寒食”的“催”字有岁月匆匆之感。岁月匆匆，别期已至了。

“愁一箭风快，半篙波暖，回头迢递便数驿，望人在天北。”周济《宋四家词选》曰：“一愁字代行者设想。”他认定作者是送行的人，所以只好作这样曲折的解释。但细细体会，这四句很有实感，不像设想之辞，应当是作者自己从船上回望岸边的所见所感。“愁一箭风快，半篙波暖，回头迢递便数驿”，风顺船疾，行人本应高兴，词里却用一“愁”字，这是因为有人让他留恋着。回头望去，那人已若远在天边，只见一个难辨的身影。“望人在天北”

五字，包含着无限的怅惘与凄婉。

第二叠写乍别之际，第三叠写渐远以后。这两叠的时间是接续的，感情却又有波澜。“凄恻，恨堆积！”“恨”在这里是遗憾的意思。船行愈远，遗憾愈重，一层一层堆积在心上难以排遣，也不想排遣。“渐别浦萦回，津堠岑寂，斜阳冉冉春无极。”从词开头的“柳阴直”看来，启程在中午，而这时已到傍晚。“渐”字也表明已经过了一段时间，不是刚刚分别时的情形了。这时望中之人早已不见，所见只有沿途风光。大水有小口旁通叫浦，别浦也就是水流分支的地方，那里水波回旋。“津堠”是渡口附近的守望所。因为已是傍晚，所以渡口冷冷清清的，只有守望所孤零零地立在那里。景物与词人的心情正相吻合。再加上斜阳冉冉西下，春色一望无边，空阔的背景越发衬出自身的孤单。他不禁又想起往事：“念月榭携手，露桥闻笛。沉思前事，似梦里，泪暗滴。”月榭之中，露桥之上，度过的那些夜晚，都留下了难忘的印象，宛如梦境似的，一一浮现在眼前。想到这里，不知不觉滴下了泪水。“暗滴”是背着人独自滴泪，自己的心事和感情无法使旁人理解，也不愿让旁人知道，只好暗自悲伤。

统观全词，萦回曲折，似浅实深，有吐不尽的心事流荡其中。无论景语、情语，都很耐人寻味。

（袁行霈）

西　河

金　陵

佳丽地，南朝盛事谁记？山围故国绕清江，髻鬟对起；怒涛寂寞打孤城，风樯遥度天际。　断崖树，犹倒倚；莫愁艇子曾系。空馀

【原文】

旧迹郁苍苍，雾沉半垒。夜深月过女墙来，伤心东望淮水。

酒旗戏鼓甚处市？想依稀、王谢邻里。燕子不知何世；入寻常巷陌人家，相对如说兴亡，斜阳里。

怀古诗词在中国诗歌史上是一朵奇葩。历来有不少词人宗匠曾经写过这一类杰出的诗篇。他们面对着“人事有代谢，往来成古今”的胜地，不仅慨叹自然界的沧桑，更由此而引起人事兴衰的感触，抒发了他们所能认识到的政治见解和哲理观念。在这种穿插着追念古昔和寄慨当前的诗篇中，往往浮想联翩，表现了诗人深邃的思想，给读者以强烈的感染和深刻的启发。

周邦彦这首词虽然是隐括刘禹锡《石头城》和《乌衣巷》二诗而成的，但因为他“善融化诗句，如自己出”（张炎《词源》），所以能够做到从通篇景语中见情语，并且能够通过景物描绘的“顿挫”体现怀古之情的“波澜”，使人们触景生情，见微知著。上片一开始就突兀横空而出，点明六代故都金陵是一个“佳丽地”，这一句是从谢朓《入朝曲》“江南佳丽地，金陵帝王州”中来，既切金陵，又令人浑然不觉。结尾却又言简意赅地描写燕子的呢喃话旧，时间、地点是在“斜阳里”的故都。以繁华始，以萧瑟终，全词情景的基调就这样显示了。至于“佳丽地”如何从繁华转为萧瑟？那就更妙。经过词人运用了峰回路转、若断若续的手法，金陵的一幅沧桑图景刻画得多么深切，词人感时吊古的枨触又是多么萦回起伏！陈廷焯评周邦彦有云：“美成词有前后若不相蒙者，正是顿挫之妙。”（《白雨斋词话》卷一）顿挫的特色，在这篇怀古词中，应该说是更为显著了。作者在怀古，着眼点是六朝旧事，因历史兴亡之感总括于“南朝盛事谁记”一句中，真是慨乎言之。下面分别作点染。“山围”四句化用刘禹锡《石头城》“山围故国周遭在，潮打空

【鉴赏】

城寂寞回”诗意。“莫愁艇子曾系”句从古乐府《莫愁乐》“艇子打两桨，催送莫愁来”句中化出，也切合金陵之地。曾经系过莫愁佳丽的游艇，断崖倒树，触目荒凉，这不分明是“空馀旧迹”了吗？这不分明是断而复续了吗？接着，词人化用刘禹锡“淮水东边旧时月，夜深还过女墙来”的诗境，伤心东望，淮水苍茫（淮水即秦淮河），不禁回想起昔时盛事，如酒帘飘飘，乐鼓咚咚，当时长街的一片喧阗景象，究竟何处寻找呢？于是词人不得不发出“酒旗戏鼓甚处市”的惊问。这正是续而又断。最后，在一片迷茫中，忽然出现了“燕子”飞来的神到之笔。词人化用了刘禹锡“旧时王谢堂前燕，飞入寻常百姓家”（《乌衣巷》）的诗境，借燕子的诉说兴亡，表现了“盛事”也许仍然可记，“旧迹”也许仍然可凭。这便是断而再续。亦断亦续，断续相间，体现了周词的“顿挫”特长，也更深入细致地揭示了词人正视现实和沉潜幻想的交织。

周邦彦这首怀古词的特点，从时间范畴说是如上的断续交织，从空间范畴来说，却又是疏密相间。苏轼的《念奴娇·赤壁怀古》上片，就只是泼墨画似地写了“江山如画”，下片就只是集中地写了周瑜，一气贯注，如同骏马注坡，纯属粗线条的勾勒。正如朱孝臧所评：“两宋词人正可分为疏、密两派，清真介在疏密之间。”譬如，词的第一部分以疏为主，词人放眼江山，对作为“佳丽地”的“故国”金陵作了一个全面的鸟瞰。第二部分以密为主，在前面基础上作了进一步的勾勒：从前面围绕“故国”的山峰，引出了后面的“断崖树”，以至想象中的“莫愁艇子”；从前面的“清江”，引出后面的“淮水”；再从前面的“孤城”，引出后面的雾中“半垒”和月下“女墙”。这就好比电影镜头，冉冉扑来的不再是远景、全景，而是中景和近景了。到了第三部分，画面突出的就只是特写镜头：一帧飞入寻常百姓家的燕子呢喃图。小小飞禽的对话，可以说刻画入微，密而又密。“相对”，是指燕子与燕子相对，尽管它们的呢喃本无深意，然而在词人听来看来，却为它们的“不知何世"而倍增兴亡之感。"疏"利于"写大景"(王夫之《薑斋诗话》卷二),写出高情远意;"密"利于画龙点睛,写出"小景",写出事物的不同一般的特征。

总的来说,此词艺术技巧是极其精湛的,它不正面触及巨大的历史事变,不着丝毫议论,而只是通过有韵味的情景铺写,形象地抒发作者的沧桑之感,寓悲壮情怀于空旷境界之中,并使壮美和优美相结合,确是怀古词中一篇别具匠心的佳作。但是,这种写法也带来一个显著的缺陷,就是作者究竟为什么要怀古,而与怀古同时的感今,其内容又如何,不免含糊带过,显得词意为词采所掩。根据词人着眼于六朝兴亡看来,本词写作时期,应该是和北宋末年王朝危机四伏,特别是和他晚年的一次流亡有关。宣和二年(1120),适值方腊在浙江起义,周邦彦仓促间从杭州历经扬州、天长,间关颠沛,始达南京(今河南商丘),切身体会到当时农民起义对宋王朝的巨大冲击,这就不由在词中迸发出"故国"和"孤城"的"兴亡"之情,特别是晚年饱经忧患之感。含蓄深沉,确是这首词作的优长,但思想脉络却不够醒豁。这可能正是钟嵘所说的"专用比兴,患在意深,意深则词踬"(《诗品·总论》)的缘故吧。

(吴调公)

拜星月慢

夜色催更,清尘收露,小曲幽坊月暗。竹槛灯窗,识秋娘庭院。笑相遇,似觉琼枝玉树相倚,暖日明霞光烂。水盼兰情,总平生稀见。　　画图中、旧识春风面。谁知道、自到瑶台畔。眷恋雨润云温,苦惊风吹散。念荒寒、寄宿无人馆。重门闭、败壁秋虫叹。怎奈向、一缕相思,隔溪山不断。

【鉴赏】

这首词，词人怀念的是一个妓女。就题材论，宋词中常见，周邦彦词中亦常见，但在表现手法上，这首词却别出机杼。上片不写现在，而写过去；开头不用“记”、“犹忆”、“追念”等字眼，而故作狡狯，用“赋”的手法来写，使人读下去，好像是在写现在。周济评此词曰：“全是追思，却纯用实写，但读前阕，几疑是赋也。”(《宋四家词选》评)

“夜色催更，清尘收露，小曲幽坊月暗。”先写那一次艳遇的时间和地点。四围的夜色催动了更鼓，路上的轻尘吸收了露水，已不会飞扬起来。天上是缺月，微光淡采，使得小曲幽坊笼罩着一层幽暗的颜色。“竹槛灯窗，识秋娘庭院。”就是在这样一个静悄悄的晚上，静悄悄的地方，他望见了平日所爱慕的秋娘的庭院：以竹为槛，灯隐窗内，十分幽美。一路迤逦行来，月光、夜色、更声陪伴着词人到达了目的地，五句话非常简洁，而此中人物已呼之欲出。接着就写一见倾心，两情欢洽：“笑相遇，似觉琼枝玉树相倚，暖日明霞光烂。”这是极为出色的警句。这次来访，仿佛遇仙，从环境到人，都不同寻常。我是多么幸运，能遇到这样美丽的仙子，一刹那间，真觉眼前一亮。“琼枝玉树”是形容她的高贵洁白，“暖日明霞”是形容她的光彩夺目。“琼枝玉树”，语本沈约《古别离》“愿一见颜色，不异琼树枝”和《世说新语·言语》称佳子弟为“芝兰玉树”。“暖日明霞”，见宋玉《神女赋》“其始来也，耀乎若白日初出照屋梁”和曹植《洛神赋》“皎若太阳升朝霞”。一般写丽人，常是写她的外貌，如花容月貌等，而这里则是写她的光彩照人；光彩是内在的精神美通过外貌美而反映出来的，故觉得不同于寻常。此其一。还有“琼枝玉树”的“相倚”，“暖日明霞”的“光烂”，已写到了一见倾心，互相偎傍亲昵的状况；而且枝之于树，霞之于日，有依存关系，寓意两情融洽，如一体之不可分。此其二。更有进者，这两句用“似觉”二字领起，亦有深意。对于她，虽然平时倾慕，但这次受到她如此的爱宠，却有些感到突然。“今夕何夕，见此粲者！”我何幸而遇仙，不是做梦吧？着“似觉”两字，疑梦疑真的惊喜之情，便跃然字里行间。此其三。寥寥十四字，包含了多么丰富的内容！“水盼兰情，总平生稀见。”她水汪汪的眼睛能说话，像幽兰般的芳情熏人欲醉，两句写足了两情的欢洽，写足了“目成”（目交心许）幸遇之情。上阕的实写手法，使过去的事，恍如就在眼前，加强了真实感。

下阕“画图中、旧识春风面。谁知道、自到瑶台畔。眷恋雨润云温，苦惊风吹散”。“画图”句化用杜甫《咏怀古迹》咏王昭君的“画图省识春风面”。“旧识”点明上阕是回忆。过去已看到她的画像，倾慕她的美丽。但意料不到的是，她竟会爱上我这个不为流俗所喜的人；更意料不到两情如此融洽，意谓从此可以长久欢聚，不会为外力所拆散；但现在却被外力拆散了。换头四句，层层递进，几经转折，这就是周济所说的“加倍跌宕”。“谁知道”和“苦”，就是用来加强表达这种感情上的突起突落，从惊喜幸遇到担心被拆散到竟然被拆散，反映词人的心理变化过程。无此跌宕，词人感情上的剧烈变化就很难表达得这么充分、有力。

“念荒寒、寄宿无人馆。重门闭、败壁秋虫叹。”一对鸳侣突然被拆散，现在自己置身在荒寒寂寞概无他人的客馆中，重门闭着，只听到败壁秋虫的悲鸣，似在助人叹息。此情此境，其何以堪！这是一种鲜明的前乐后苦的对比。“怎奈向、一缕相思，隔溪山不断。”说在此人不能堪的凄凉境况之下，奈何尚添两地相思之苦！歇拍两句，表现了词人对爱情的执着，也表现了相思的痛苦。写离情至此，可说是毫发无遗憾了。

张炎《词源》认为周词“软媚”，其实不然。这首词，抒情述事，细腻生动，表现力强，人家能写到十分的，他却能写到十二分，表现出一种深厚质重的风格。此词之所以能有如此表现力，一是周济所说的“加倍跌宕”的手法，二是依靠虚字的力量，如上片的“似觉”、“总”等，下片的“谁知道”、“怎

【原文】

奈向”等，起到了曲折顿挫、更深刻地表达思想感情的作用。

（万云骏）

尉迟杯

离恨

隋堤路。渐日晚、密霭生深树。阴阴淡月笼沙，还宿河桥深处。无情画舸，都不管、烟波隔前浦。等行人、醉拥重衾，载将离恨归去。　　因思旧客京华，长偎傍疏林，小槛欢聚。冶叶倡条俱相识，仍惯见、珠歌翠舞。如今向、渔村水驿，夜如岁、焚香独自语。有何人、念我无聊，梦魂凝想鸳侣。

这首词写主人公在隋堤之畔，运河之上，淡月之下，客舟之中的一段离愁别恨。隋堤路，是指宋之汴京至淮河一段的水路，因为是隋炀帝所开的大运河的一段，故称隋堤路。天色已晚，暮霭笼罩着岸边的密林，淡淡的月光洒在河边的沙滩上，一条客船停泊在河桥深处的水路驿站。附近是渔村。客船上的主人公焚香独坐，不时喃喃自语。他低头沉思，想着和恋人分手时的情景：饯别时借酒浇愁，竟然醉倒，上船拥被而卧，不知不觉地，自身连同离恨被这条船一起载走，过了前浦烟波；他进一步追想，旧时客居京都，他和恋人，曾在疏林之傍，小槛之前欢聚。一起欢聚的歌妓们也都是相互认识的。当时美人歌舞，好不热闹。如今独自一人，多么无聊，只能在梦中想象鸳鸯伴侣。全词由景及情，因今及昔，写法颇似柳永，而更委婉多变。写眼前景致采用白描手法，描绘出一幅河桥泊舟图，像笔墨淋漓的水墨画。

叙写追思往事时，用了借物达意、反衬对比两种手法，值得着重分析。

“无情画舸，都不管、烟波隔前浦。等行人、醉拥重衾，载将离恨归去。”这几句写分手时的情景，用的就是借物达意手法。王应奎《柳南随笔》说：“诗意大抵出侧面。郑仲贤《送别》云：‘亭亭画舸系春潭，只待行人酒半酣。不管烟波与风雨，载将离恨过江南！’人自别离，却怨画舸。义山忆往事而怨锦瑟，亦然。文出正面，诗出侧面，其道果然。”这词写饯别情景是从郑仲贤《送别》诗脱化出来的。王氏所谓“诗意出侧面”，是指诗情借物宣泄，迁怨于物。怨画舸、怨锦瑟皆然。有情人偏遇着这无情的画舸，它全然不管恋人们难分难舍，将行人连同离恨都载走了。这里迁怨画舸，就是侧写。物本无情，视为有情，复责其无情，以责怪于物来表达自己的离情别恨，是借物达意的一种方式；离恨、离愁是一种感情，都是虚的，是不可见、不可闻、不可触、不可载的，然而诗人们却常常化虚为实，将愁恨说成可以抛掷、剪割、车载、斗量，好像愁恨是有形体有重量的东西。这里船载离恨，就是化虚为实。沈际飞《草堂诗余正集》评曰：“苏词‘只载一船离恨向西州’；秦词‘载取暮愁归去’，又是一触发。”苏轼、秦观也将愁恨写成可以船载的东西。后来又有李清照“只恐双溪舴艋舟，载不动许多愁”，辛弃疾“明夜扁舟去，和月载离愁”，例子不胜枚举，都出自同一机杼。这种化虚为实也是一种借物达意的方式。

“因思旧客京华，长偎傍疏林，小槛欢聚。冶叶倡条俱相识，仍惯见、珠歌翠舞。”这是写昔日京华相聚的欢乐场面。“冶叶”句化用李商隐《燕台诗》“冶叶倡条遍相识”。所谓“冶叶倡条”，乃指歌妓。词中主人公的恋人，也是歌妓一流人物。所以他同歌妓们厮混得很熟，常在一起，观赏她们歌舞。这欢乐的回忆，与“渔村水驿，夜如岁、焚香独自语”，恰成鲜明对比。人在由聚而散之际，回想欢乐聚会，必添愁情离怀。回忆对比，是很能触发情感的。李清照《永遇乐》写元宵“风鬟雾鬓，怕见夜间出去”，同往昔中州盛日元宵佳节“铺翠冠儿，撚金雪柳，簇带争济楚”，也形成强烈对比。这种回忆对比，更加突出她的孤独感和凄凉感。周邦彦这首词，除用回忆对比外，还有一种对比，就是梦境和现实对比。“有何人、念我无聊，梦魂凝想鸳侣”，这个结尾，词评家多以为写得拙直、率意。周济《宋四家词选》说“一结拙甚”。谭献《谭评词辨》说“收处率甚”。诚然，这个收尾是不够含蓄的，余味也不长；但是感情还是十分朴实浓烈的。为什么有这效果呢？就因为这里还用了眼前实境和梦中虚境对照的手法。现实是舟中独处，梦中却是鸳侣和谐。“鸳侣”一词已近于抽象化，形象不够丰满。但还是足以衬出离情别恨的。李后主《浪淘沙》“罗衾不耐五更寒。梦里不知身是客，一晌贪欢”，梦中的“贪欢”同样不够形象化，但也已足以反衬出李后主亡国哀痛的激烈感情了。所以梦“鸳侣”的结尾未可以为拙、率而轻易抹煞。不论是回忆对比，还是梦想对比，都收到了较好的艺术效果。

（林东海）

蝶恋花

席上赋

鱼尾霞生明远树，翠壁黏天，玉叶迎风举。一笑相逢蓬海路，人间风月如尘土。　　剪水双眸云鬟吐，醉倒天瓢，笑语生青雾。此会未阑须记取，桃花几度吹红雨。

这首长调描写了词人所见的一位女道士，词中充斥着大量道教意象，典故频出，笔调飘忽，读来稍嫌隐晦难解，陈廷焯《白雨斋词话》认为此词

"语带仙气,似赠女冠之作,否则故为隐语"。

上片以写景起笔,"鱼尾霞"形容霞光如鲤鱼红尾,似是从苏轼《游金山寺》中"断霞半空鱼尾赤"一句脱出。红艳艳的霞光在天边泛起,落在高高的树梢上,红光绿叶交相辉映。"翠壁"描绘的是生满绿色植物的石壁,而"翠壁黏天"则极言悬崖之陡峭。红绿色彩的强烈对比,以及高耸天际的"翠壁",是道教诗中常见的意象,如南宋丞相崔与之曾为道家名山翠微峰赋诗:"翠壁丹崖倚碧穹,一壶天地画图中。"同样,"玉叶"一词亦有明显的道家色彩。唐代太平公主为道士时,所戴头冠即名"玉叶冠",后引申为一般女道士的头饰,如唐毛熙震的《女冠子》:"翠鬟冠玉叶,霓袖捧瑶琴。"词人此处借"玉叶"一语双关,一方面承接上文的"翠壁",描写树木之叶迎风飘举,另一方面暗指女道士的冠饰,由此将笔锋由写景过渡到写人。"蓬海"乃海上蓬莱山,为道家神山之一。"一笑相逢"写女道士的神态,并无对面貌特征的直接描写,但一句"人间风月如尘土",已可想见其笑貌之清丽动人,令人见之忘俗,尘世间的风花雪月尽皆失色。

下片进一步对女道士进行外貌描写。"翦水双眸"形容女子的双眼清澈明亮,而"云鬟"则言其鬓发柔美浓黑。"天瓢"本指天神行雨时所用的瓢,从中倒出一滴即为地上一尺雨,《太平广记》中即有李靖以天瓢行雨的故事,本身就带有浓烈的道教神话色彩,后来道士盛酒所用的器皿亦称天瓢。"醉倒天瓢"一句结合词题"席上赋",可知词人与女道士应在酒席间相遇,觥筹交错之际,女道士言笑晏晏,却自有一种超凡脱俗的气质,仿佛盈盈仙气缭绕席间。结句"此会未阑须记取",意为词人与女道士相谈甚欢,但短暂相会终将别离,有恋恋不舍,意犹未尽之感。"桃花几度吹红雨"一句,典出李贺《将进酒》:"况是青春日将暮,桃花乱落如红雨。"原诗的主旨是光阴易逝,应趁短暂青春享受人生。周邦彦词中虽未直白表达此意,但化用李贺此句,亦微露及时行乐之意,这也是与道教重视世俗生活的传统相合的。

【原文】

此词如陈廷焯所言，应为“赠女冠之作”，没有太深厚的思想内涵，但亦为女冠文学之反映。女性入道之风气兴自唐代，其中有相当一部分女道士都出身上层阶级，文化修养很高，又有自由浪漫的气质，常与文人交游唱和。周邦彦此词即反映了宋代文人与女道士交往的场景，笔风婉丽但不流于艳情，在女冠词中尚属佳作。

（黄尽穗）

蝶恋花

月皎惊乌栖不定，更漏将残，辘轳牵金井。唤起两眸清炯炯。泪花落枕红绵冷。　　执手霜风吹鬓影。去意徊徨，别语愁难听。楼上阑干横斗柄，露寒人远鸡相应。

上叠起首三句是由离人枕上所闻，写曙色欲破之景，妙在全从听得（月皎为乌栖不定之原因，着重仍在乌啼，不在月色也），为下文“唤起两眸”张本。乌啼、残漏、辘轳，皆惊梦之声也。下两句实写枕上别情，“唤起”一句能将凄婉之情怀，惊怯之意态曲曲绘出。美成写离别之细腻熨帖，每于此等处见之。此句实是写乍闻声而惊醒。乍醒之眼应曰蒙眬，而彼反曰“清炯炯”者，正见其细腻熨帖之至也。若夜来甜睡早被惊觉，则惺忪乃是意态之当然；今既写离人，而仍用此描写，则似小失之矣。美成《早梅芳》“正魂惊梦怯，门外已知晓”，可与此句互相发明。此处妙在言近旨远，明写的是黎明枕上，而实已包孕一夜之凄迷情况。只一句，个中人之别恨已呼之欲出。“泪花”一句另是一层，与“唤起”非一事。读者勿疑，试着眼于一“冷”

字，便知吾言不诬。红绵为装枕之物，若疏疏热泪亦只能微沾枕函而已，决不至湿及枕内之红绵，且不至于冷也。今既曰“红绵冷”，则泪痕之交午，及别语之缠绵，可想知矣。故“唤起”一句为乍醒之况，“泪花”一句为将起之况，程叙分明。两句中又包孕无数之别情在内，作一句读下，殆非善读者。离人至此，虽欲恋此枕衾，已至万无可再恋之时分，于是不得不起而就道矣，在此逗入下片。“执手”三句已起矣，由房闼而庭院矣；“楼上”两句已去矣，由庭除而途路矣。上极其委婉纡徐，下极其飘忽骏快，写“将别”时之留恋，“别”时之匆促，调与意会，情与词兼矣。末二句上写空闺，下写野景，一笔而两面俱彻，闺中人天涯之思有非言说所能尽者，“一声村落鸡”，飞卿《更漏子》结句，此易一为多耳。清真善用前人绝构，略加点染，便有味外味，今人辄曰创造如何，因袭如何，半耳食之论也。

（俞平伯）

蓦山溪

湖平春水，菱荇萦船尾。空翠入衣襟，拊轻桹、游鱼惊避。晚来潮上，迤逦没沙痕，山四倚。云渐起，鸟度屏风里。　　周郎逸兴，黄帽侵云水。落日媚沧洲，泛一棹、夷犹未已。玉箫金管，不共美人游，因个甚，烟雾底，独爱莼羹美。

周邦彦是钱塘人，钱塘的软糯甜美在他的词里面好像手工的豆沙汤圆，妥帖细腻——读来是朗朗上口的浑然天成，探究起来又全都是工巧。这首《蓦山溪》讲一次春日郊游，读起来真的让人如同春风拂面，不饮而醉。

【鉴赏】

细究起来，大概因为词牌押了仄尾，在“避”“倚”“里”的韵脚上，单韵母且齐口韵读起来气息绵密，扁平，在听觉上就好像丝绒的皱，水上的痕，绵绵荡远。

上片描写黄昏里的船行。他说泛舟，你却不觉得水花四溅，好像每一棹都是温柔的。水藻和菱角“萦”绕着船尾，晚来的潮水，不急不缓仪态万千，“迤逦”没过沙滩，而远处的山也如美人一般随意地摆了一个“倚”的姿势。

所有的动词都经过仔细考量，烘托出一种似有似无的缠绵。“云渐起，鸟度屏风里”一句是转——景由远而近，情由实而虚。如同我们看电视的片头曲，空镜头摇过山水，而后由窗子里框入寻常百姓家。

整个上片是周邦彦式的对于章法结构的推敲，看上片，像是走在曲院风荷，移步换景，却又回环往复，一唱三叹。上片与下片之间，用“鸟度屏风”一句虚实交替，由自然的天地之美，转向人文的江南。

下片写情，重用典，却因为融典故于情境之中，并不显得掉书袋。下片几乎可以说是无一字不用典，却因为精巧的安排，脱胎换骨，成为自己的博雅之句。

说江南的风流，自然少不了音乐，在周邦彦的这首词里，周瑜不再是火烧赤壁的将领，而是“曲有误，周郎顾”的音乐家，黄帽青鞋，如同一般文人士子的打扮，持双桨泛舟夕阳，是十分的风流。

有趣的是，周邦彦也可被称作“周郎”，他也曾经自比周郎——在《六幺令》里，周邦彦就写道“惆怅周郎已老，莫唱当时曲”。所以“周郎”一句，周邦彦一语双关，既用周瑜的典，也在照应自己这次的出游。“玉箫金管”出自李白的“木兰之枻沙棠舟，玉箫金管坐两头”，在这里却是反用——一边是华丽的乐器，美艳的女子，一边却是黄帽青鞋的朴素诗人，而隔开华美世俗与清淡自我的是诗人的人生追求——“烟雾底，独爱莼羹美”。

表面看来，这是词人在讲自己对美食的爱好——只爱莼羹，但在历来的文人墨客那里，“莼羹”更代表一种在喧嚣世间的急流勇退，一种朴素的思乡之情。

它始自《世说新语》里记载的晋朝人张翰的故事：秋风起来的时候，张翰便想念起家乡正是吃莼菜鲈鱼的时节。于是他跟朋友说，人生最重要的事情是过得符合自己的心意，为了做个官，远离家乡实在划不来。于是，为了吃家乡菜，他便偷跑回家，被朝廷除了名。

词人轻巧地用“莼鲈之思”的典故照应了下片起笔的“逸兴”，便在这首写景的词里编织进了更深刻的心意，轻巧，且别致。

（周　逸）

绮寮怨

上马人扶残醉，晓风吹未醒。映水曲、翠瓦朱檐，垂杨里、乍见津亭。当时曾题败壁，蛛丝罩、淡墨苔晕青。念去来、岁月如流，徘徊久、叹息愁思盈。　　去去倦寻路程。江陵旧事，何曾再问杨琼。旧曲凄清。敛愁黛、与谁听。尊前故人如在，想念我、最关情。何须渭城。歌声未尽处，先泪零。

这首词是词人重过荆南途中所作。宋哲宗元祐五年（1090）至七年（1092），词人曾客荆州，与一位歌伎有一段情缘，荆州古称江陵，词中“江陵旧事”即指此而言。

词的上片写“见”写“念”，出人意料的是先从未“见”未“念”时写起；并

【鉴赏】

非词人有意不“见”不“念”，而是酩酊大醉，良久未醒之故。“上马人扶残醉”隐括李白《鲁中都东楼醉起作》“阿谁扶上马，不省下楼时”诗意，晏幾道《玉楼春》“来时醉倒旗亭下，知是阿谁扶上马”亦似之。“晓风吹未醒”，与柳永《雨霖铃》“今宵酒醒何处，杨柳岸、晓风残月”可有一比，只是柳词写抒情主人公于晓风残月之际醒来，此词则写抒情主人公听凭晓风吹拂仍未清醒，其醉之程度可以说更深一层。

由醉而醒，初醒之时，仍然醉眼蒙眬，但是一组似曾相识的景物扑入眼帘，让词人陡然一惊，这就是“见”，而且是“乍见”：水曲、垂杨，翠瓦、朱檐，这座掩映在绿树丛中的津亭，正是自己曾经逗留、而且时常梦见的地方呀。于是词人不满足于“乍见”，而是急忙下马细观。请注意：开篇“上马”是明写，却是“人扶”，词人是迷醉的，被动的；这里“下马”是暗写，却是自下，词人是清醒的，主动的。小小细节，即可以看出词人文心之缜密，文笔之细致。

古代的津亭、驿亭，常常有文人题壁的诗词，这是人生的雪泥鸿爪，又常常是一份心灵脉动的记录，所以白居易《蓝桥驿见元九诗》写道：“蓝桥春雪君归日，秦岭秋风我去时。每到驿亭先下马，循墙绕柱觅君诗。”这是通过好友元稹的题壁诗，寻觅他的踪迹、心迹，而周邦彦此词却是通过往日的题壁诗词，重温自己的踪迹、心迹，寻觅的结果是既有慰藉，又有惆怅：津亭的那堵墙壁还在，只是已经成了败壁，上面滋生出了青青的苔藓；自己当年的题壁之词也还在，只可惜蛛丝笼罩，墨迹已经淡化。眼前所见的景物，引起了词人无穷的思念和叹息，时光流逝，物是人非，怎不令人感慨万千！“岁月如流”，出自谢灵运《拟魏太子邺中题诗八首》序：“岁月如流，零落将尽。”“叹息愁思盈”，化用江淹《别赋》“有别必怨，有怨必盈”，暗藏一个“怨”字，与词牌“绮寮怨”构成一种呼应。

换头“去去倦寻路程”，又是一醒，不过开篇是由“残醉”中醒来，此处是由“徘徊”中醒来：此身仍在羁旅行役之中，虽然倦于登程，可是不得不继续登程啊。词人自觉与歌伎的情缘，与白居易当年和歌者杨琼的情缘可比，白居易尚有《问杨琼》之诗，而自己对这段旧事，却是“何曾再问”。“何曾再问”绝不是不想问，而是非常想问，但音讯杳然，教人何从问起。

于是，词人又陷入无穷无尽的想象之中：一想其人仍在，旧曲依然凄清，只是有谁能够欣赏呢？二想其人如在，一定也在想念我这位最能理解她的情感的人吧。想来想去，耳边仿佛响起了她的歌声，说不清是当初离别时所唱的《渭城曲》即《阳关三叠》，还是今天重离旧地的告别之曲，总之不待乐曲终了，词人已经情不可遏，泪如雨下。这几句，既推己及人，又由人返己，感情步步加深；意境则亦真亦幻，亦昔亦今，往复回环，自有一种烟波浩渺之致。

这首词情感表现极富层次，极有力度，正如陈洵《抄本海绡说词》所评：“此重过荆南途中作。杨琼，江陵歌者，见白香山诗。徘徊、叹息，盖有在矣。念我、关情，已是黯然销魂，正不见此故人，故闻歌落泪也。所谓何曾再问，正急于欲问也。旧曲、谁听、念我、关情，问之不已，特不知故人在否耳。拙重之至，弥见沉浑。”

《绮寮怨》是周邦彦的自度曲，《清真集》中仅此一首。夏承焘《唐宋词字声之演变》云：“作‘平去平’者，如《绮寮怨》一首中六句如此：‘晓风吹未醒’、‘澹墨苔晕青’、‘叹息愁思盈’、‘去去倦客寻路程’、‘何须渭城’、‘歌声未尽处先泪零’（按指每句末三字）。去声最为拗怒，取介在两平之间，有击撞戛捺之妙；今虽词乐失传，但依字声读之，犹含异响。”（《唐宋词论丛》）可见此词在音律上也经过词人精心设计，因而极富表现力和音乐美，使全词达到了声情并茂的境界。

（赵山林）

【原文】

丹凤吟

迤逦春光无赖，翠藻翻池，黄蜂游阁。朝来风暴，飞絮乱投帘幕。生憎暮景，倚墙临岸，杏靥夭邪，榆钱轻薄。昼永惟思傍枕，睡起无憀，残照犹在庭角。　　况是别离气味，坐来但觉心绪恶。痛引浇愁酒，奈愁浓如酒，无计消铄。那堪昏暝，簌簌半檐花落。弄粉调朱素手，问甚时重握。此时此意，长怕人道著。

周邦彦有不少写恋人别后思念之情的词作，但大多从女子角度出发，缱绻细腻，柔肠百转。这首长调却别出心裁，描绘男主人公对一名女子的刻骨相思。此调为清真首创，或曰词题为“春恨”。

上片起首，先悠然叹一句“迤逦春光无赖”。所谓“无赖”，即是无意、无心，春色本就不带感情，主人公却怨其“无赖”，实际上是他自己思念情人过甚，满腔愁情却又无处安放，只能怪春光不解人心。“翠藻翻池，黄蜂游阁”则是对春光的具体描写，池中绿藻，阁上黄蜂，都是极细微的景象，主人公将目光专注于此，可见其苦闷难以排遣的无聊心境。“朝来”一句，写飞絮扑帘之景。“风暴”即“风烈”，大风纷然，柳絮乱飞，一个“乱”字其实是主人公自己的心境写照。暮春飞絮往往与愁思相连，正如李煜的“船上管弦江面绿，满城飞絮混轻尘，愁杀看花人”（《忆江南》）。纷乱的飞絮最易勾动离人的思绪，如此凄然的暮春景色，又引得主人公“生憎”。“生”是方言辞，犹言“偏”、“最”，杜甫《送六侍御入朝》有言：“不分桃花红胜锦，生憎柳絮白于绵。”“生憎暮景”实际上就是前文埋怨“春光无赖”的进一步延伸。主人公心绪纷乱，因此倚墙赏景，也只嫌杏花过于妖艳多姿，而榆钱略显轻佻浮薄。“昼永”一句转向主人公自身，写他白日贪睡不醒，傍晚方才起身，却也只是百无聊赖地打发光阴。“残照犹在庭角”一句，写夕阳在庭中流连不去，侧面表现出主人公嫌时间太慢，难以消磨，一个“在”字更是描绘出缓慢得近乎凝固的时光。

下片转入抒情，点出“别离气味”恰是主人公“心绪恶”的主要原因。“痛引”二句，直写愁肠。李白的“举杯消愁愁更愁”（《宣州谢朓楼饯别校书叔云》），愁与酒还分为两物；周邦彦此句直接以愁拟酒，“愁浓如酒”，两者合一，更是无计可消。上片写景的细腻笔法，在一般的闺怨词中也很常见，但此处“痛引浇愁酒”以解相思，却是专属于男性的举动，使原本缠绵幽怨的相思带上了一抹更为沉郁的愁苦之情。而这样愁苦的心绪，恰又逢上黄昏，更是沉重得不堪承受。在傍晚的一片寂静中，只听得花瓣簌簌飘落的细微声响，为暮春景色又添一抹凄凉。“弄粉”一句，典出李商隐《木兰》一诗：“弄粉知伤重，调红或有馀。”“弄粉调朱”即以脂粉修饰面容。上片在写景中寓愁情，层层铺叙，逐渐展开，此句终于直写主人公的思念对象。面对满目凄清之象，他想起往昔恋人对镜梳妆的场景，深深感慨，不知何时才得以重握那一双纤纤素手，相思之情已然表现得十分真切。而“此时此意”一句，笔锋急转，似是要将千般忧愁轻轻掩过，生怕被人点破。这样婉转的一句“长怕人道著”，似抑实扬，将彻骨相思描绘得淋漓尽致，有“欲说还休，欲说还休，却道天凉好个秋”（辛弃疾《书博山道中壁》）之韵致。沈际飞《草堂诗余正集》评此词曰：“‘重握’句可住。转云‘怕人道著’，直出数丈。”确为的评。

（黄尽穗）

倒犯

霁景对霜蟾乍升，素烟如扫。千林夜缟，徘徊处、渐移深窈。何人

【原文】

正弄、孤影蹁跹，西窗悄。冒霜冷貂裘，玉斝邀云表。共寒光，饮清醥。　　淮左旧游，记送行人，归来山路窎。驻马望素魄，印遥碧，金枢小。爱秀色初娟好。念漂浮、绵绵思远道。料异日宵征，必定还相照。奈何人自衰老。

此词是一首描写冬夜月色的长调，应作于周邦彦客居他乡之时。

上片起笔壮丽不凡，首先描绘月亮初升的宏大场景。“霁景”乃雪后初晴之景，而“霜蟾”即为月亮别称。在一片皑皑白雪中，月亮缓缓升起，柔光照耀大地，这样以寥寥数字勾勒的画面，在静谧中却带有震撼人心的美丽。而广袤的森林和山峰上，氤氲着纯白的山岚烟雾，如轻纱般为整幅画面带来柔和的朦胧感。接下来，诗人将视角缩小到月亮本身：“徘徊处，渐移深窈。”所谓“深窈”，指的是幽远的夜空。在不知不觉中，月亮已经上升到深邃的高空中，在纯黑背景的衬托下显得更为明亮光洁。这样清冷的月色下，是否有歌声隐隐传来？但西窗悄然，哪怕在月下翩然起舞，也不过是独对孤影罢了。“冒霜冷貂裘”一句，将笔触转向词人自身：夜凉如霜，清寒彻骨，连厚厚的貂裘也抵挡不住，心中的凄冷亦更添一层。“玉斝”即玉杯，“清醥”即清酒。此二句写词人举杯对月，明月只在云端遥遥相望，清冷的月亮如一只寂寞的眼，而词人只能独自将杯中酒一饮而尽。从“何人”到“冒霜”数句，皆从李白之诗“举杯邀明月，对影成三人”以及“我歌月徘徊，我舞影零乱”（《月下独酌》）化出，但风格大有不同。李白的“对影成三人”，在寂寞中仍有豪爽之气，周词的“孤影翩跹”，却纯是一片幽怨凄怆了。

“淮左”即淮水之南，应指庐州地区。周邦彦曾在元祐年间由太学正出任庐州教授，此时独对月光，又想起了旧日光景。昔年自己送别友人，归来时独行于山路之上。"窎"即深远貌，极言山路之漫长曲折。而今日，自己不得不孤身一人行向他乡，却再没有友人为自己送行。"素魄"即月亮之别称，"金枢"典出《文选》木华《海赋》"若乃大明㩧辔于金枢之穴"，犹言西方月落之处。词人驻马遥望，只有一轮月亮印在深碧的夜空中，向着远处的地平线缓缓移动。此间孤寂，更与何人倾诉？月光清丽无言，一片寂寥之中，词人不免念起自己的飘零身世。"绵绵"一句，化用汉乐府《饮马长城窟行》中的"青青河边草，绵绵思远道"一句，此诗原写思妇之情，周邦彦随手引来，化作征人之思，缠绵委曲中又添悲怆之意。而"料异日宵征"一句，将羁旅情怀更推进一层。据王国维、罗忼烈之考证，周邦彦在离任庐州教授后可能西游荆州，其荒凉僻远较庐州更甚。词人仕途不顺，孤身远游，本已无限凄凉，又想到前路漫漫，升沉荣辱不定，将来或许依然流落他乡。而当词人再度踏上日夜兼程的旅途时，这一轮明月必定还会照耀四方。但光阴无情，就算月色年年如旧，望月之人也会无可避免地老去，他年再见这一轮明月时，自己又会被岁月打磨成何等模样？白居易《宿府池西亭》有言："白头老尹重来宿，十五年前旧月明。"周邦彦此词亦深有其风致。词人用整首长调的篇幅铺写冬夜月色，将自然之美描绘到极致，而以一句"奈何人自衰老"作结，将长久不变的自然与渺小易逝的生命相对比，悠悠一叹，最是悲凉。

（黄尽穗）

点绛唇

伤　感

辽鹤归来，故乡多少伤心地。寸书不寄，鱼浪空千里。　凭仗桃根，说与凄凉意。愁无际。旧时衣袂，犹有东门泪。

【鉴赏】

宋王灼《碧鸡漫志》卷二记载："周美成初在姑苏，与营妓岳七楚云者游甚久。后归自京师，首访之，则已从人矣。明日饮于太守蔡峦子高坐中，见其妹，作《点绛唇》曲寄之。"洪迈《夷坚三志壬集》卷七所记略同，末云："楚云览之，为之累日感泣。"二书所附词，文字与集本颇有异同。王灼与周邦彦年代相距不远，若所记属实，词当作于徽宗大观二、三年(1108—1109)间①。但邦彦是钱塘(今浙江杭州)人，苏州不是他的故乡，也未曾在苏州做官或寄居，不可能与楚云"游甚久"，以至于生出这样深的相思情愫。笔记小说对词人词事每多附会，不能尽信，这一首词，也只能作为一般写恋情的作品来看，而且也不一定是"夫子自道"。

"辽鹤归来，故乡多少伤心地"，两句以比兴发端。将自己比作离家千年的辽东鹤，一旦飞回故乡，事事处处都引起对往昔生活的深情回忆，触发起无限伤感的情怀。"辽鹤"用《搜神后记》中丁令威的故事。丁令威，辽东人，外出学道多年，化为仙鹤，飞归故乡，停在城东门的华表柱上，歌曰："有鸟有鸟丁令威，去家千年今始归。城郭如故人民非，何不学仙冢累累?""故乡多少伤心地"，《夷坚三志》作"故人多少伤心事"。两句总的只是说了一种物是人非的感慨，其他则尽在不言中。亦虚亦实，颇得词体。

"寸书不寄，鱼浪空千里"两句也暗用典故。刘向《列仙传》载：陵阳子明钓得白鱼，腹中有书。又，古乐府《饮马长城窟行》有句云："客从远方来，遗我双鲤鱼。呼儿烹鲤鱼，中有尺素书。"这里化用旧典，补叙别后多年了无音信。上句似先写对方不寄书，实是从己方感觉而后得知。下句直说自己久盼情状。盼而"空"是结果；久盼的全过程，便从这个"空"字透露出来；从这个"空"，才回过头来察觉了本是由于对方的"寸书不寄"。看他只就书信一事，写来词意平实，却蕴有这许多精细的思致，回环缭绕，无一字言情而情自深。

过片又回到眼前。人事变迁，信音辽邈，重来旧处，不见伊人，欲诉无由，何以为怀！“凭仗桃根，说与凄凉意。”东晋王献之有《桃叶歌》三首，其二云：“桃叶复桃叶，桃叶连桃根。……”桃叶，献之爱妾名，其妹名桃根。——幸而见到了她的“桃根”妹妹，姊妹连枝，凭她说与，虽隔一层，却是最好的“传言玉女”了。“凄凉意”，《夷坚三志》作“相思意”。“凄凉”也好，“相思”也好，都是指多年积蓄未了之情。“凄凉”二字似乎表达得更深一些。这里有两个字写到“情”了，却也不多说，是不胜说也。有这两个字便够，晏幾道《浣溪沙》不是也只写道“一春弹泪说凄凉”么？

结尾“愁无际”三字，包含了别来至今，荡漾在自己心中的无尽的悲感，《西厢记》所谓“口不言，心自省”者。“东门泪”，谓饯别之泪，汉宣帝时，太子太傅疏广辞官还乡，公卿大夫等设宴饯送于东都门外。此处借用，带叙当日临分之地，泣别之事。衣襟泪痕，别时所留，自抚之而自记之，具见蕴藉，具见性情。固不必问它果真有个“桃根”妹者传言于彼人与否，又“览之感泣”与否。小说家言，似不必太认真看待也。

全词采用直抒胸臆的手法，共只九句，“淡淡写来，深情无限”（许昂霄《词综偶评》），但章法多变，腾挪跌宕，摇曳生姿。首二句直叙眼前，开门见山；第三句本该倒叙昔日相聚时怎么怎么欢快，却是单叙别后独自相思多么苦恼。五、六句于绝望之余生出希望。过去鱼浪空浮千里，不能传递书信，如今“桃根”就在眼前，定能将自己的心意原原本本传至对方。这样一个曲折，倍觉情真意切。结尾三句，触物生情，从东门送别时衣袂上的泪痕，再度引起回忆，与开头“故乡多少伤心地”遥遥绾合，语虽淡而情愈深。短短一首小词，能生出许多波折，忽而眼前，忽而过去，回环往复，吞吐凝咽，真乃美成长技。

（陈长明）

【原文】

〔注〕 ① 据近人陈思《清真居士年谱》引《苏州府志》，蔡峦知苏州在大观二年十一月至三年七月。

点绛唇

台上披襟，快风一瞬收残雨。柳丝轻举，蛛网黏飞絮。　　极目平芜，应是春归处。愁凝伫，楚歌声苦，村落黄昏鼓。

这首词一般认为与《少年游》（南都石黛扫晴山）为同时期作品。关于《少年游》，龙沐勋先生《清真词叙论》评曰："看似清丽，而弦外多凄抑之音。"而对于这首《点绛唇》，罗忼烈先生笺注清真词，曰："此词凄抑甚于《少年游》，漂泊幽寂之思，溢于言表。"

观全词，是以"愁"字为魂，"苦"字为魄，"黏"字为肉，"归"字为血，熔化锻炼，浇羁旅思家之块垒。上片起首两句，化用宋玉《风赋》之典故，点出某日残雨之后，临风登上高台。宋玉《风赋》："楚襄王游于兰台之宫，宋玉、景差侍，有风飒然而至，王乃披襟而当之曰：'快哉此风，寡人所与庶人共者邪？'"美成词善于融化前人诗句典故之特色，已是不消多说的广泛认识，此处用"快风"之典，其心境却是迥然相异。但看下句的景物描写："柳丝轻举，蛛网黏飞絮。"时值暮春，柳丝在风中轻轻摇动，蛛网游丝却将飞絮一一黏住。春末柳絮满天满城，最是寻常不过的景色，然原应随风而远的絮花，在词人笔下却被蛛网所粘着，分明是借景喻己，点出自己羁留他乡的无奈。有"快风"，却不得"飞"，奈何，奈何？

下片"极目"两句，写登台远眺之景，将思归之意由虚转实。"平芜"指杂草丛生于野，亦就是骚人墨客笔下常用以喻离愁的“春草萋萋”。“王孙游兮不归，春草生兮萋萋。”自《楚辞·招隐士》将春草与不归并提，春草便成为离恨的一种具象。欧阳修《踏莎行》：“平芜尽处是春山，行人更在春山外。”彼写思妇登楼，此为游子登台，而其心中之殷殷切切又何曾有半丝相异？春归何处？人归何处？春有归时，人可有归时？“应是”二字，是以揣测的语气，言“极目”而依然不得，由此传达出一种深切的无力与无奈。所以，只能“愁凝伫”。此三字一出，其他句子全化为背景。此词从头至尾，亦不过这样一个无语伫立的背影。天远地广，高台临风，望断天涯无归路。已是愁到极致，词人又辅以“楚歌声苦”，更结以“村落黄昏鼓”，鼓声急催歌声，从听觉的角度，将此画面所传达的“愁”再进一步推上高潮。“楚歌”之声为什么会“苦”？庾信《哀江南赋序》：“楚歌非取乐之方，鲁酒无忘忧之用。”并非楚歌之声悲苦，实是闻楚歌而思江南，心有戚戚，怎不觉其“苦”？对于登台望乡的词人来说，又何尝不是如此？

词为小令，与《清真集》中大量慢词相比，没有很繁复的层次，也没有很精致的结构，用词也偏于自然清丽，仿佛信手拈来，一蹴而就，然细思之却又字字珠玑，意蕴浑厚，所谓言简意浓，举重若轻，大抵如此。

（蔡凌华）

玉楼春

桃溪不作从容住，秋藕绝来无续处。当时相候赤阑桥，今日独寻黄叶路。　　烟中列岫青无数，雁背夕阳红欲暮。人如风后入江云，情似雨馀黏地絮。

【鉴赏】

周邦彦的词，语言典丽精工，章法严密多变。但较之同时的秦观，有时不免显得多故实而少情致。这首《玉楼春》，却能于典丽精工中蕴含深挚浓密的情致，是具有周词特色而无其常见缺点的优秀篇章。

词的内容并不新鲜，不过是写离情——与所爱女子隔绝后重寻旧地的寂寞惆怅。首句"桃溪"用典。传东汉时刘晨、阮肇入天台山采药，于桃溪边遇二女子，姿容甚美，遂相慕悦，留居半年，怀乡思归，女遂相送，指示还路。及归家，子孙已历七世。后重访天台，不复见二女。唐人诗文中常用遇仙、会真暗寓艳遇。"桃溪不作从容住"，暗示词人曾有过一段刘、阮入天台式的爱情遇合，但却没有从容地长久居留，很快就分别了。这是对当时轻别意中人的情事的追忆，口吻中含有追悔意味，不过用笔较轻。用"桃溪"典，还隐含"前度刘郎今又来"之意，切合旧地重寻的情事。可见词人选择典故的精切。

第二句用了一个譬喻，暗示"桃溪"一别，彼此的关系就此断绝，正像秋藕(谐"偶")断后，再也不能重新连接在一起了，语调中充满沉重的惋惜悔恨情绪和欲重续旧情而不得的遗憾。"别时容易见时难"，珍贵的东西一旦在无意的轻率中失去，留下的便只有永久的悔恨。人们常用藕断丝连譬喻旧情之难忘，这里反其语而用其意，便显得意新语奇，不落俗套。以上两句，侧重概括叙事，揭出离合之迹，为下面抒写"今日独寻"情景张本。

"当时相候赤阑桥，今日独寻黄叶路。"三、四两句，分承"桃溪"相遇与"绝来无续"，以"当时相候"与"今日独寻"情景作鲜明对比。赤阑桥与黄叶路，是同地而异称。俞平伯《唐宋词选释》引顾况、温庭筠、韩偓等人诗词，说明赤阑桥常与杨柳、春水相连，指出此词"黄叶路明点秋景，赤阑桥未言杨柳，是春景却不说破"。同样，前两句"桃溪"、"秋藕"也是一暗一明，分点春、秋。三、四句正与一、二句密合相应，以不同的时令物色，渲染欢会的喜悦与隔绝的悲伤。朱漆栏杆的小桥，以它明丽温暖的色调，烘托了往日情人相候时的温馨旖旎和浓情蜜意；而铺满黄叶的小路，则以其萧瑟凄清的色调渲染了今日独寻时的寂寞悲凉。由于是在“独寻黄叶路”的情况下回忆过去，“当时相候赤阑桥”的情景便分外值得珍重流连，而“今日独寻黄叶路”的情景也因美好过去的对照而愈觉孤孑难堪。今昔之间，不仅因相互对照而更见悲喜，而且因相互交融渗透而使感情内涵更加丰富复杂。既然“人如风后入江云”，则所谓“独寻”，实不过旧地重游，在记忆中追寻往日的缱绻温柔，在孤寂中重温久已失落的欢爱而已，但毕竟在寂寞惆怅中还有温馨明丽的记忆，还能有心灵的一时慰藉。这种丰富复杂的感情，正透出情的执着痴顽，为下片结句伏脉。今昔对比，多言物（景）是人非，这一联却特用物非人杳之意，也显得新颖耐味。“赤阑桥”与“黄叶路”这一对诗歌意象，内涵已经远远越出时令、物色的范围，而成为不同的心态和人生阶段的一种象征了。

过片两句，转笔宕开写景：“烟中列岫青无数，雁背夕阳红欲暮。”这是一个晴朗的深秋的傍晚。在烟霭缭绕中，远处排立着无数青翠的山峦；夕阳的余晖，照映在空中飞雁的背上，反射出一抹就要黯淡下去的红色。两句分别化用谢朓诗句“窗中列远岫”与温庭筠诗句“鸦背夕阳多”，但比原句更富远神。它的妙处，主要不在景物描写刻画的工丽，也不在景物本身有什么象征涵义；而在于情与景之间，存在着一种若有若无、若即若离的联系，使人读来别具难以言传的感受。那无数并列不语的青嶂，与“独寻”者默默相对，更显出了环境的空旷与自身的孤孑；而雁背的一抹残红，固然显示了晚景的绚丽，可它很快就要黯淡下去，消逝在一片暮霭之中了。这阔远中的孤独，绚丽中的黯淡，与“独寻”者的处境、心境之间似乎存在着有神无迹的联系。

【鉴赏】

“人如风后入江云，情似雨余黏地絮。”结拍两句，收转抒情。随风飘散没入江中的云彩，不但形象地显示了当日的情人倏然而逝、飘然而没、杳然无踪的情景，而且令人想见其轻灵缥缈的身姿风貌。雨过后黏着地面的柳絮，则形象地表现了主人公感情的牢固胶着，还将那欲摆脱而不能的苦恼与纷乱心情也和盘托出。这两个比喻，都不属那种即景取譬、自然天成的类型，而是刻意搜求、力求创新的结果。但由于它们生动贴切地表达了词人的感情，读来便只觉其沉厚有力，而不感到它的雕琢刻画之迹。陈廷焯《白雨斋词话》说此词结句“呆作两譬，别饶姿态，却不病其板，不病其纤”，可谓具眼。“情似雨馀黏地絮”，正是全词的点眼。词中所抒写的，正是这种执着胶固、无法解脱的痴顽之情。

《玉楼春》这个词调，七言八句，句式整齐，本篇又两两相对，通首排偶，贯串对比手法，这本来很容易流于平板，但却不给人这种感觉。这首先是因为，词人在运用对比手法时，每一联都有不同的角度。一、二句与三、四句虽同样从今昔上对比，但前者着重从因果上，后者着重从景物、心情上对比。五、六句则突出色彩上（“青”与“红”）的对比；七、八句又转从对方与自己的角度对比。同时，五、六句宕开写景，与前后各句间若断若续，在结构章法上也显出了顿挫变化。再加上贯注全词的那种深挚浓至的感情，更使人读来有一气鼓荡之感。

周词多铺叙，以赋法入词。这首词虽包含一个爱情故事，却不着重铺叙，而是以虚涵概括、极富情致的笔调抒写内心的感受。无论用典、比喻、写景，都突出表现那种深挚缠绵、胶固执着的感情，那种悔恨、追恋、伤感交并的痴顽之情，因此它便以情致的深厚蕴藉深深打动读者。如果说他的有些词类似外表华艳、内心淡漠的冷美人，缺乏使读者感发的强烈艺术力量，那么这首词则以感情的沉厚纯挚成为“不隔”的佳作。

（刘学锴）

夜飞鹊

河桥送人处，良夜何其？斜月远堕馀辉。铜盘烛泪已流尽，霏霏凉露沾衣。相将散离会，探风前津鼓，树杪参旗。花骢会意，纵扬鞭、亦自行迟。　迢递路回清野，人语渐无闻，空带愁归。何意重经前地，遗钿不见，斜径都迷。兔葵燕麦，向斜阳、影与人齐。但徘徊班草，欷歔酹酒，极望天西。

周邦彦词，古今人所赏识的主要特点：一是写情沉着；二是语句起伏转折，有顿挫感；三是结构上时空变化，转接灵活，其痕迹常常需要细心寻觅。这首词也表现这些特点，表现第三个特点尤其突出。

这首词是作者重经旧地，回忆送别其情人的情况的。“河桥送人处，良夜何其?”起两句写送别的地点、时间。时间是在夜里，夜是美丽的，又是温馨可念的，故曰“良”；联系后文，地点是靠近河桥的一个旅店或驿站；用《诗·小雅·庭燎》的“夜如何其”问夜到什么时分了，带出后文。“斜月远堕馀辉。铜盘烛泪已流尽，霏霏凉露沾衣”。夜的确是“良”的，是露凉有月的秋夜。但送别情人，依依不舍，故要问“夜何其”，希望这个临别温存的夜晚还未央、未艾。可是这时候，室内铜盘上已是蜡尽烛残，室外斜月余光已渐收坠，霏霏的凉露浓到会沾人衣，居然是“夜向晨”了，即是良夜苦短、天将向晓的时候。这三句以写景回答上文；又从景物描写上衬托临别时人心的凄恻和留恋。“斜、堕、馀、凉”，都是带有感情色彩的字；“烛泪”更是不堪。周邦彦词喜运化唐诗，“烛泪”句即运化杜牧《赠别》诗“蜡烛有心还惜别，替人垂泪到天明”，李商隐《无题》诗“蜡炬成灰泪始干”。“相将散离会，探风前津鼓,树杪参旗。"收束前面描写,再伸展一层:说临别前的聚会,也到了要"散离"的时候,那就得探看树梢上星旗的光影,谛听渡口风中传来的鼓声,才不致误了行人出发的时刻。参旗,星名,它初秋黎明前出现于天东,更透露了夜的季节性。鼓,可能指渡头的更鼓,也可能指开船鼓声,古代开船有击鼓为号的。观察外面动静,是为了多留些时,延迟"散离",到了非走不可的时候才走,从行动中更细腻地写出临别时的又留恋、又提心吊胆的心情。"花骢会意,纵扬鞭、亦自行迟"。写到出发。大约从旅舍到开船的渡口,还有一段路,故送行者(即作者本人)又骑马送了一段。从骑马,见出送行者是男性;从下文"遗钿",见出行者是女性。这段短途送行,作者还是不忍即时与情人分别,希望马走得慢点,时间挨得久点。词不直说自己心情,却说马儿也理解人意,纵使人要挥鞭赶它,它也不忍快走。以马拟人,又从马的方面写人,曲一层、深一层地写,也很细腻。

上片写送别前经过,下片换头三句:"迢递路回清野,人语渐无闻,空带愁归。"接写送别后归途。情人一去,作者孤独地带着离愁而归,故顿觉野外寂寞清旷,归途遥远,对同一空间的前后不同感觉,也是细腻地反映送别的复杂心情。"何意重经前地,遗钿不见,斜径都迷。"这三句是一个大的转折,转得无痕,使人几乎难以辨认。读了这几句,才了解上面所写的,全是对过去的回忆,从这里起才是当前之事,这样,才使人感到周词在结构上的细微用心,在时空转换上的大胆处理,感到这里真能使上片"尽化云烟"。《海绡说词》说"河桥"句是"逆入","前地"句是"平出","逆"即逆叙以往,"平"即平叙当前。这里的第一句领起后文,直贯到全词结尾;第二句写情人去后,不见遗物,比作者《六丑》词所写的"钗钿堕处遗香泽",更无余香余泽可求;第三句写旧时路径,已迷离难认。有人认为"重经前地"以下,写的还是第二天的事,也说得通。但看来还是写隔了一段期间重游为近。因送别归来,似不会即近黄昏之际,况道路迷离,如果是芳草茂生之故,那就是春夏季节，与上文又不合。“兔葵燕麦，向斜阳、影与人齐。”送别是在晚上和天晓时候；重游则在傍晚，黄昏中的斜阳，照着高与人齐的兔葵、燕麦的影子。这两句描绘“斜径都迷”之景，有意点出不同期间；又用刘禹锡《再游玄都观》诗序“惟兔葵燕麦，动摇于春风耳”的典故，表示事物变迁之大。感慨人去物非的细腻心情，完全寄寓于景，不直接流露，故《艺蘅馆词选》载梁启超评这两句词说：“与柳屯田之‘晓风残月’，可称送别词中双绝，皆熔情入景也。”下面三句：“但徘徊班草，欷歔酹酒，极望天西。”说在过去列坐的草地上，徘徊酹酒，向着情人远去的西边方向，望极天边，而欷歔叹息，不能自已。只“欷歔”二字，直接抒情，余亦寓情于事。

全词写的是惜别、怀旧之情，情不直接流露，只于写景、写事、托物（如借马写人）上见之，写得细腻、沉着；结构上层层伸展，层层顿挫，而又转接细微无迹；诚如陈廷焯《词则》所评的，写得“哀怨而浑雅”。它不愧是周词中一首出色的、有代表性的作品。

（陈祥耀）

芳草渡

昨夜里，又再宿桃源，醉邀仙侣。听碧窗风快，珠帘半卷疏雨。多少离恨苦。方留连啼诉。凤帐晓，又是匆匆，独自归去。　　愁顾。满怀泪粉，瘦马冲泥寻去路。谩回首、烟迷望眼，依稀见朱户。似痴似醉，暗恼损、凭阑情绪。淡暮色，看尽栖鸦乱舞。

周邦彦青年时代在汴京曾有过一段浪漫生活。在其早期作品里也抒

写了一些哀艳的情事。这首《芳草渡》,或是其中的一个动人片断,含蓄而饶有诗意。

词是以追忆的方式叙述的,以逆入起笔。“昨夜里”是情事发生的时间,难以忘怀,词意顺着对昨夜情事的回忆而展开。“桃源”,用东汉时刘晨、阮肇入天台山遇仙女事,其地亦得称“桃源”,如唐人曹唐《刘晨阮肇游天台》诗已言“不知此地归何处,须就桃源问主人”。五代王松年《仙苑编珠》卷上云刘、阮“采药于天姥岑,迷入桃源洞,遇诸仙”。周词即以桃源借喻昨夜所宿之处的华丽神秘似非人间。“又再宿桃源”,显然是第二次或第三次来此了。“仙侣”即神仙样的伴侣,古人常将美艳出众的女子比为仙女。柳永《玉女摇仙佩》的“飞琼伴侣,偶别珠宫,未返神仙行缀”便是以仙女来称赞所恋的歌妓。此处“再邀”的“仙侣”,用法与柳永相同。这次留下最深的印象是离别的痛苦场面,因而作者省略了当晚其他的艳情细节,以“听碧窗风快,珠帘半卷疏雨”,一笔轻轻带过。风快雨疏是在华丽的室内感到的,约在拂晓时使人惊醒,增添了离人的凄凉情调。“多少离恨苦”为全篇词旨所在。春风一度,情意绸缪,分别最为痛苦,故离恨之多少实难以估量。“方”字为词中的转笔,自此进入正面描述离别场面。“啼诉”,为那位仙子向抒情主人公诉说许多的离恨,流连缠绵,不忍分别。“凤帐”为绣有鸾凤的罗帐。正值倾诉离恨之时,忽从罗帐里见到曙色,只得忍心独自归去。离去的匆匆,说明他们之间存在某种社会性的原因而不能自由地相聚一起;“又”字再度强调了匆匆独归同留宿仙境一样已非第一次了。这首词上下阕之间衔接紧密,意脉不断,换头处继续叙述离别出门后的留恋之情。他伤心地见到襟怀里留下那位多情仙子的“泪粉”。当互诉离恨时,她哭了,流的泪很多,与妆粉和在一起了。他的“愁顾”是属于“空有相怜意,未有相怜计”的情形,对于现实的状况一筹莫展,惟有徒自发愁。他独自归去时骑的是瘦马,急急忙忙地在泥泞的道路上辨寻归途。“冲泥”与拂晓的疏雨有关，上下照应。“瘦马冲泥”很形象地表现了这位书生的寒酸狼狈，能“再宿桃源”是非常不易的。他的寒酸很可能是造成他们分离的主要原因，其别恨之中应包含有几分自责的情感，以此深深地感动了仙子，赢得“满怀泪粉”，而离别也就特为苦涩了。“谩回首”表示已经离去较远，而依恋之情却难尽。“烟迷望眼”，离情备加凄楚，晓烟中桃源迷茫，只仿佛和隐约地见到伊人的“朱户”。词中的“碧窗”、“珠帘”、“凤帐”、“朱户”都极力表现夜来宿处的绮丽，真有误入仙境之感。这与“瘦马冲泥”的寒酸形象颇不协调，应是其情事不幸的根源。关于朱户，周邦彦《忆旧游》有“也拟临朱户，叹因郎憔悴，羞见郎招；旧巢更有新燕，杨柳拂河桥”，写歌楼女子。可见《芳草渡》中的“朱户”也是借指歌楼的。词至此叙述完了昨夜难忘的离别情景，词意的发展遂由追忆转到现实。“凭阑”是理解全篇结构的关键。抒情主人公是在凭栏的时候对昨夜情景的回忆。“似痴似醉”是在追忆时的精神状态，欢乐与痛苦犹令之神驰，桃源仙境留下的印象太深刻动人了。很可能他凭栏是为了观赏景物，而对昨夜的回忆扰乱了观赏情绪，痛苦的别恨在心中无法排遣和消除。结句“淡暮色，看尽栖鸦乱舞”，是周词中习见的以景结情的写法。“淡暮色”是薄暮时，暮色不深，补明凭栏的时间。这时乌鸦归巢了，“看尽”表明凭栏伫立之久。“栖鸦乱舞”或许是实景，景与意会，情景交融，以此表达了昨夜别恨所引起的悲伤和烦乱的心情。这样，使全词的结尾富于诗意的联想，也使结构显得摇曳多姿了。

周邦彦词大量使用事典、代字和融化前人诗句，具有晦涩的艺术倾向。南宋人刘肃为陈元龙《片玉集注》作序时就指出：“知其故实者，几何人斯。”当时读其词就感到许多障阻和困难了。这首词却无艰涩难读的缺陷，所写的情事也不像邦彦其他一些词里那样轻薄狎亵，情感是较为真挚深厚的。加上辞语的华美，词情的含蓄，因而仍具周词典雅的特色。全词立足于片时的思绪，重点非常突出，而倒叙、钩转、以景结情等手法的娴熟运用使章法富于变化；领字、领句将转折和时地关系交代较为清楚，于章法变化之中留下可寻的脉络，体现了结构很有法度。这些都说明周词在艺术形式上达到精美的地步。自宋以来评论周词者甚众，这首《芳草渡》并不为词论家们所留意。如果我们与其他周词比较，这首词无论就情感的真切与表现的精美而言，都应是周邦彦很有特色的佳作。

（谢桃坊）

虞美人

灯前欲去仍留恋。肠断朱扉远。未须红雨洗香腮。待得蔷薇花谢便归来。　　舞腰歌板闲时按。一任旁人看。金炉应见旧残煤。莫使恩情容易似寒灰。

在宋词中，有不少是描写词人与歌儿舞女之间的爱情的，但真正能把笔触深入到歌儿舞女的命运、心灵深处去的词作，却不很多。周邦彦的这首词，就反映了这方面的内容。

这首词，描写的是自己远行前夜，与情人喁喁话别的情境。起句前四字“灯前欲去”，谓话别将尽，词人就要离开女主人公。这样一开头，似乎已没有什么可写的了。然而“仍留恋”三字，转而写出欲去未能、依依不舍的情景，从而引起下面语重心长的千言万语来。原来，起句用的是顿挫笔法。这是词人的擅场。它是一种有意味的形式，体现着沉郁的情感。好比水势，经过一道停蓄，再奔流下去，就更加汹涌有力。情感沉郁深沉，倾吐出来便有顿挫转折之致。起句正是翻进一层地表现出词人性情的缠绵、执着。次句出以虚摹的笔法。词人预想自己明朝上了漫漫旅途，离开情人愈来愈远，而相思之苦，也会愈来愈重。此种苦痛，难以堪受，真要到断肠而后已。朱扉，即朱门，是情人居所。这一预想，把词境推向未来，词境扩大、伸远了，便有远意。同时，也更进一层地表现出爱情的诚挚、深厚。歇拍二句，收回现境，安慰女子说，你不要再伤心流泪，等到那蔷薇花谢的暮春时节，我就回来了。从这两句话语，又可见出女主人公当下的样子：泪水和着胭脂，挂满了两腮。词情至此，一对心地真诚纯厚的恋人，已形象地呈现在我们面前，他们情深意合的爱情，已全整圆满地揭示出来。

下片四句紧紧衔接上片歇拍二句，连为一气，都是词人对女子的叮咛。过片二句是说，不妨歌舞依然，以消闲寂，任随别人去看吧！言外之意十分明白、坚定：我是相信你的。不过，担心有个万一，也是心之常理。所以接着有结尾二句。“金炉应见旧残煤”，其意本是：应见金炉旧煤残。现在这样成句，为的是协调平仄和押韵。煤即麝煤，为熏炉所用的香料。这两句，化用南朝梁吴均《行路难》“金炉香炭变成灰”句意。熏炉为室中常备之物，故词人就近取譬说，你看金炉里原来的香炭，烧残了，就变成了寒灰。词人衷心祝愿，我们像火一样热烈的爱情，莫使它轻易熄灭。这番至诚的祝愿，不应当只看作是词人对女子的叮咛，其实也何妨看作是女子对词人的叮咛，毋宁说，这是他们俩共同的心声。

这首词的中间四句，隐括杜牧《留赠》诗：“舞鞯应任闲人看，笑脸还须待我开。不用镜前空有泪，蔷薇花谢即归来。”但写出的仍是自己的一片真情实感。因为词情与诗情相合，故读来也觉得贴切自然，如自己出。从艺术手法说，可谓善用故典；从情事刻画说，则又含有新的社会内容。“舞腰歌板闲时按，一任旁人看”两句，具有深意。虽说是“闲时按”，但也有不得不如此之意在内。女主人公，是一位歌儿舞女，由于职业、身份的关系，她不得不以自己的伎艺供他人取乐，这种命运对她来说，绝非心甘情愿。词人对她的爱情，建立在对她"不将心嫁冶游郎"的信任之上，所以才有"一任旁人看"之语。这两句话语，包含着词人对女子全部的了解、同情与信任。这恳切的话语，不光是说明了词人对这位女子的爱情可贵，而且也反映了这位女子对自身命运的抗争，对纯洁爱情的忠实。她虽身为下贱，可是她的心灵却是美好的。词人用饱含同情的笔触，揭示出歌儿舞女心灵的极深层面，这是值得珍视的。

（邓小军）

长相思慢

夜色澄明，天街如水，风力微冷帘旌。幽期再偶，坐久相看，才喜欲叹还惊。醉眼重醒。映雕阑修竹，共数流萤。细语轻轻。尽银台、挂蜡潜听。　　自初识伊[①]来，便惜妖娆，艳质美盼柔情。桃溪换世，鸾驭凌空，有愿须成。游丝荡絮，任轻狂、相逐牵萦。但连环不解，流水长东，难负深盟。

〔注〕 ① 伊：第二人称之辞，犹云君或你，与普通用如"他"字者异。

周邦彦的这首《长相思慢》，娓娓诉说了一个看似寻常但并不寻常的爱情故事。

上片描写恋人重逢的情境。入夜，一天月色空明。京城，满街月光如水。庭院里，窗户前，习习晚风，微送凉意。写夜渐渐已深，点相会渐渐已久。两人相思酷深，一旦重逢，此刻纵有万语千言，也欲说未能，唯有对坐脉脉相看而已。相看已久,知无他故,这时“才喜欲叹还惊”。才喜,是写自己见到情人后攫住心灵的那番喜悦。欲叹,写出几乎同时不禁要叹息出声的反应,叹的是重逢居然如愿以偿。欲叹实未及叹,紧接着还惊,又写出攫住心灵的一番惊异。惊的是此情此境,梦耶,真耶?杜甫“妻孥怪我在,惊定还拭泪”(《羌村三首》)刻画患难余生之人相逢时乍喜还悲的心理,极为真切。这里词人似用杜意,以简练的笔触,勾勒出情人重逢之际似梦还真,惊喜交加的精微心理感受,包孕极富。相思之深,相逢之难,皆在言外得之。词人在无比的惊喜中陶醉了。许久,才从沉醉中醒过来。扶疏的翠竹,掩映着精美的栏杆,两人相坐其间,一道数着夏夜里的点点流萤。两人悄声细语,情话绵绵,一任那银盘上的蜡烛悄悄来听。蜡烛有心,竟至为之热泪涔涔。为何情话如此感人?词笔至此,为细心的读者设下一个小小的悬念。

下片全为词人的话白,把上片幽美馨逸的情境引向高远的意境。词人倾诉说,自从初次认识你以来,我就热爱着你的美好。如何美好?“艳质、美盼、柔情”。艳质,是称道心上人整个人之美,她的神采风韵。词人的《拜星月慢》“笑相遇,似觉琼枝玉树相倚,暖日明霞光烂”,可做最佳注脚。美盼,称道她双目之美,所谓“美目盼兮”(《诗·卫风·硕人》)。眼睛是心灵的窗户,这是向描写她的内美过渡。柔情,便称其性情之温柔善良。《拜星月慢》“水盼兰情,总平生稀见”,可做美盼、柔情的诠释。“桃溪”三句说,使你脱离风尘,我俩结为夫妇,这一愿望终将成功。“桃溪换世”,借用刘晨、阮肇入天台山与两位仙女相爱成婚,还家子孙已历七世的传说。宋词中,以桃溪指代妓女居所,用刘、阮仙凡恋爱喻说与妓女相爱,原是习见的手法。“鸾驭凌空”,借用萧史、弄玉结为夫妇、乘凤凰飞去的传说,表示了结成夫妇、争取自由美好生活的共同理想。“游丝”三句,接着勉励情人说,任那些轻狂的公子哥儿来追逐纠缠吧!潜台词是:你今虽身处风尘,无法拒绝应酬他们,可是你心有专属,我相信你。结尾三句祝愿道,我们之间的恩爱，将如玉环相扣不解（“玉取其坚润不渝，环取其始终不绝”，相扣取其结合不分，喻意极绵密），将如江河东流之水永无穷时，桃溪换世、鸾驭凌空的心愿终将实现。前说“有愿须成”，此说“难负深盟”，正是“一篇之中，三致意焉”，一结厚重有余。虽然词中略而未写女主人公的对话，但其欣喜鼓舞之情，自在言外。原来上片所写的“细语轻轻”，至下片始知非同寻常情话，乃是一位志诚种子的男主人公与一位命运不幸的女主人公的美好心声，无怪乎蜡烛有心，也为之热泪涔涔！

在周邦彦之前，只有少数的词作，如柳永的《迷仙引》、小晏的《浣溪沙》等，能够反映封建社会中这些被侮辱被损害者的命运和愿望。跳出火坑，洗尽风尘，“除籍不做娼，弃贱得为良”，乃是她们铭心刻骨的心愿。可是，即使上述词作，也只有女主人公形象，没有真诚相爱的男主人公出现，看不出她们的一厢情愿有可能实现。词的情调都是沉痛低婉的。而这首《长相思慢》，则深刻地表现了救风尘的理想。境界之高远，显出前人之上。词情也欢快健举。

周词的基本艺术特色之一，是抒情与叙事的有机融合，寓精妙的故事情节性于抒情性之中，别具引人入胜之致。此词有所不同，它并不铺叙爱情经历，而是选取其中高潮的一幕，淋漓尽致地加以表现。此词系长调，篇幅较大，词人安排上片铺叙重逢情境，描写细节，腾出下片，展开大段话白，刻画志诚种子的形象。既给人以高度的抒情性美感，又予人以浓郁的故事味享受，周词的这一特色，标志着继柳永之后宋词长调铺叙艺术所取得的新发展。

（邓小军）

关河令

秋阴时晴渐向暝。变一庭凄冷。伫听寒声。云深无雁影。

【原文】

更深人去寂静。但照壁孤灯相映。酒已都醒。如何消夜永!

这首词是写羁旅孤栖的情景的,读来颇有一股清峭之气。

羁旅行役是五代宋词的常见题材,也是周邦彦写得较多的内容之一。王国维在《清真先生遗事·尚论》中说:"若夫悲欢离合、羁旅行役之感,常人皆能感之,而惟诗人能写之。故其入于人者至深而行于世也尤广。"清真的羁旅词之所以写得特别深切淡永,除了得力于他深厚的文学、音乐修养和他敏锐的观察力和感伤的气质,恐怕跟他从三十二岁便被遣出京,直到四十二岁始得重入都门,一生中最好的时光都在漂泊中度过不无关系。

这首词的写法是以暗移的时间作为经线,贯穿着孤旅感情的波澜,看似平淡无奇而真情荡漾,在同类词中很有些特色。词的上片写日间情景,于明处写景,暗里抒情,寓情于景;下片写夜间的情景,于明处抒情,衬以典型环境,情景交融。

上片一开篇就推出了一个阴雨连绵,偶尔放晴,却已薄暮昏暝的凄清的秋景,这实在很像是物化了的旅人的心境,难得有片刻的晴朗。在这样的环境中,孤独的旅客,默立在客舍庭中,承受着一庭凄冷的浸润,思念着亲朋。忽然,一声长鸣隐约地从云际传来——是鸿雁?它或许带来了故人的讯息?然而,四望苍穹,暮云璧合,哪里有雁儿的踪影?雁声远逝,留下的是更加深重的寂寞之感。

在极端的沉寂之中,推出了过片:"更深人去寂静。"这个极普通的句子,把上下片很自然地衔接起来,而且将词境更推进了一步。"人去"一语用得突兀,上片未说有客,何言人去?要知道,旅居的人是最孤独又最耐不得孤独的,陌生人偶然相遇,便能够聚会倾谈,互相慰藉。然而终非亲人,刚才还在畅饮,顷刻便会离去的。"人去"二字突兀而出,正写出旅伴们聚散无常，也就愈能衬托出远离亲人的凄苦。同时“人去”二字也呼应了下文孤灯、酒醒。临时的聚会酒阑人散了，只有一盏孤灯摇曳的微光把自己的影子投射在粉壁上。此时此刻，人多么希望自己尚在酣醉之中呵。可悲的是，偏偏酒已都醒，清醒的人是最难熬过漫漫长夜的，旅思乡愁一股脑儿袭来，此情此景，诚何以堪！前人评周邦彦词，多曰富艳典丽，这首词则全无艳丽之彩，给人的只是一抹孤凄的冷色。

美成词特别讲究声律，精于铸词炼句，这首小词也不例外。首先，词调的命名就很用了一番心思。这首词本名《清商怨》，源于古乐府，曲调哀婉。欧阳修曾以此曲填写思乡之作，首句是“关河愁思望处满”。周邦彦遂取“关河”二字，命名为《关河令》，隐寓着羁旅思家之意。这就使调名、乐曲跟曲词切合一致了。再看他炼字炼句的功夫。“秋阴时晴”，一个“时”字表明了天阴了很久，暂晴难得而可贵。“渐向暝”，“渐向”两字，意味着尽管晴空的偶现是那么不容易，可刚一放晴却朝着昏夜走去，恰如旅人的心情一样。如果说“天已暝”或“又向暝”，就失去了这种渐变的动感。第二句用“变”字领起，不但是格律上的需要——因为这里要用去声一字领四字句，而且跟上句“时”、“渐”二字紧扣，突出了变化的过程，而不只是道出变化的结果。“伫听寒声”两句写得特别含蓄生动。寒声者，秋声也。深秋之时，万物在萧瑟寒风中发出的呻吟都可以叫做寒声。“夜寂静，寒声碎”（范仲淹《御街行》），说的是风扫落叶的沙沙声；“寒声隐地初听”（叶梦得《水调歌头》），说的是风划林梢的沙沙声。周邦彦笔下的孤旅伫立空庭，凝神静听的是什么寒声呢？下一句才作了交待，原来是云外旅雁的悲鸣。鸣声由隐约到明晰，待到飞临头顶，分辨出是长空雁叫，勾引起无限归思时，雁影却被浓密的阴云遮去了。连南飞的雁都因浓云的阻隔而无由相见，那是何等凄苦的情景呵！作者的确是在刻意地琢磨着词句，然而通首读去，又无一不是平常的字眼。正像陈子龙说过的：“以沉挚之思，而出之必浅近，使读者骤遇之如在耳目之前，久诵之而得隽永之趣。”美成此词可当之无愧。

（陈振寰）

阮郎归

菖蒲叶老水平沙，临流苏小家。画阑曲径宛秋蛇，金英垂露华。　　烧蜜炬，引莲娃，酒香薰脸霞。再来重约日西斜，倚门听暮鸦。

私底下一直觉得阮郎归是个适合初学者的词牌名，其中一个原因是“阮郎归”典出于采药人被仙女强留山中的思乡怅惘。思乡之情，人皆有之，加上平仄之间音节舒缓，与一些疏阔的景色相配，就有一种大气的婉约，能够让人印象深刻。

所以这个词牌名下，屡有佳作。像是晏幾道的“天边金盏露成霜”，辛弃疾的“山前灯火欲黄昏”，还有秦观的“湘天风雨破寒初”，都是其中的代表。此类的作者都用了原典里采药人有家不能回的一面，他们同样都用《阮郎归》来写人生羁旅，乡情未已。周邦彦却反其道而行之，用了采药人与仙女欢会的美好记忆。于是这首《阮郎归》另辟蹊径，是一首华丽的情诗，追忆曾经的爱人。

有趣的是，在整首词里，他并未直接写爱人的容颜，或者是他们的爱情，却如同带着面纱的美人一样，勾勒出一种欲盖弥彰的性感。

词人描绘了这名女子的住处周围的自然环境——“菖蒲叶老水平沙，临流苏小家”，描写了她的庭院和房间——“画阑曲径宛秋蛇，金英垂露

【鉴赏】

华”，她房间里的光线和气氛——“烧蜜炬，引莲娃”，而对于她的长相，他只描写了她步出内室的那个瞬间——“酒香薰脸霞”。

你不知道她当时作怎样华美的打扮，不知道他们之间怎样柔情细语共度良宵，但是你知道，那一定是一个极美的美人——娇嫩，妩媚，并且有好的品位，很符合一般人心里对一个理想爱人才华与美貌兼备的要求。

在一系列的铺垫当中，他将爱人置身在一个诗情画意的自然环境里——她的走廊曲折如同长蛇，连栏杆都有绘饰；院子里养着开得正好的菊花，花瓣上尚且带着露珠；屋内燃着的蜡烛散发着香甜的味道……处处体现着主人的兰心蕙质，也处处体现着主人的妩媚。

梁代萧纲一派的诗人爱写宫体诗，描绘女子的妩媚，但萧纲用“簟文生玉腕，香汗浸红纱”来写睡着了玉体横陈的美人，被后世的评论家批评说失了矜持和体面。而周邦彦却聪明，对于他的爱人，他没有一个字落在身体上，却处处都在暗示着她的性感。

词人看似无意的用了一组与“性”相关的意向——如同蛇一般体态曲折的小路，乘着露水的娇嫩花瓣，有甜美香味的蜡烛，映在美人脸上明灭不定的烛光和她身上的香气。这组意向给人暗示和向往，却又没有落在实处的情欲，是词人高妙的地方。

可惜，美人是个与“苏小”一样的名妓，注定他们无法成就长相厮守的婚姻。于是在最后的两句，周邦彦终于话锋一转，提到“阮郎归”这个词牌关于怀念和怅惘的部分——“再来重约日西斜，倚门听暮鸦”——他按着他们从前幽会的时间又在日头西斜的时候去寻她，只是物是人非，欢会未成，留给他的只有巨大的失落——“倚门听暮鸦”。

如同一篇好的小说，这首如同游戏之作一般的小词因为最后两句的“意料之外，情理之中”而让读者一再回味，为周邦彦在“阮郎归”这个竞争激烈的词牌名下，赢得了一席之地。

（周　逸）

【诗】

【原文】

春　雨

耕人扶耒语林丘，花外时时落一鸥。

欲验春来多少雨？野塘漫水可回舟。

这首小诗题曰“春雨”，并不咏春雨其物，也不描绘雨景，而是写春雨所带来的“喜”意。不过，“喜”意不曾显露在字面上，它蕴蓄在意象之中。

从诗意看，诗人似乎是站在一个什么地方观赏着春雨后的景象。从他视野之广来看，其时他似在楼上凭栏静观。

春天是万物萌芽生长的季节，需要雨露滋润，恰好连下了几场春雨。按照一般写法，在诗的开首，他应该先发出类似“好雨知时节，当春乃发生”那样的赞美，然后再写由此而生的喜意，然而他却略去了这个前奏，直接从喜意写起。

他从楼上放眼望去，先看见一群耕人，他们正在小树林的土堆旁，扶着耒（古代的一种农具，形状像木叉）交谈着什么。因为春雨下得透，有利于庄稼的生长，耕农们想必是在谈论着“春雨贵如油”啦，“风调雨顺，丰收在望”啦之类的话题吧？一个“语”字，令读者想见耕人们的喜悦心情。

诗人目光移开耕者，又望见了花儿。那些花儿，几经春雨的润泽，早已是争开竞放、万紫千红，汇成一片花的海洋了，它挡住了诗人的视线，望不见花的那边还有什么，而唯见“花外时时落一鸥”。许是花外有条不太宽的河流吧，春雨之后，河水猛涨，碧波粼粼，喜得那鸥鸟不时扑入河中（去戏水）。“落”字用得妙：可以想见鸥鸟拍打翅膀，徐徐向下降落的神态，点缀着春雨后的自然景色。

【鉴赏】

一、二两句，诗人全由侧面落笔，含蓄地描写了耕人、鸥鸟的喜意，那显然是由春雨而带来的喜意，但字面上还不曾出现“春雨”二字。三、四两句便作正面点题描写。看着眼前的景象，诗人不由想道：我倒也想要察看一下，入春以来已究竟下了多少雨？于是他的目光便搜寻着，搜寻着，发现了一处野塘，那塘水已经溢了出来，水面上简直可以转动一条小船，雨水下得真够多的了。此时，诗人心头之喜必也似水一样而“漫”了，不过他终究没有明写出“喜”字来，而留给读者自己去想象、去玩味。

（周慧珍）

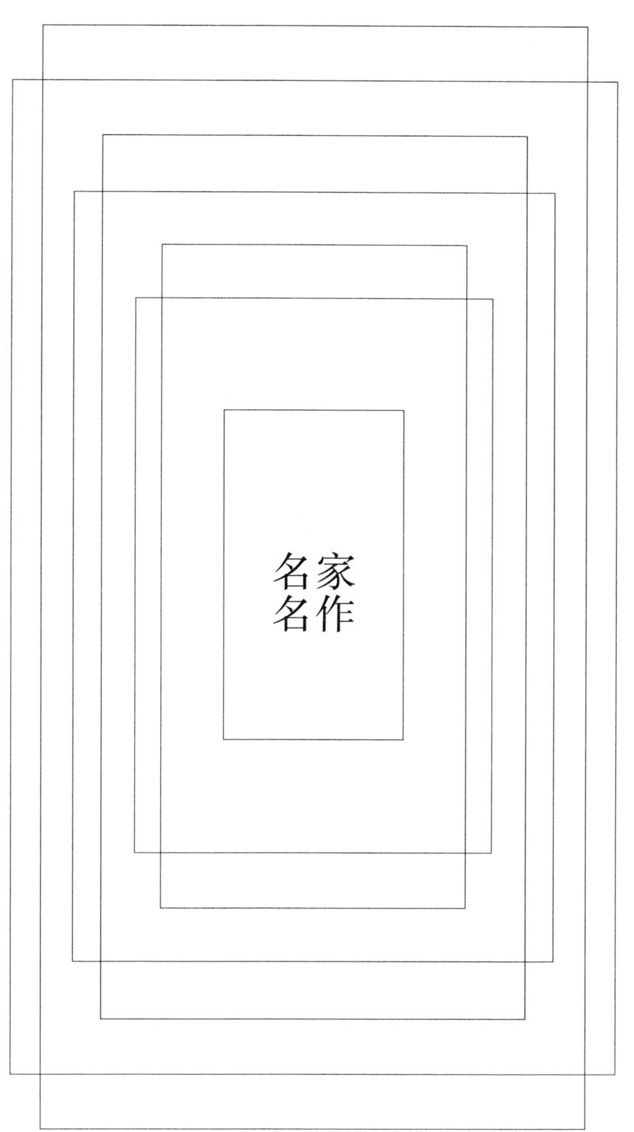

万云骏　叶嘉莹　周汝昌　周振甫　袁行霈　钱仲联　蒋哲伦等撰写

【附录】

周邦彦生平与文学创作年表

纪　年	年岁	生平经历	主要作品	相关大事
宋仁宗嘉祐元年(1056)丙申	1	生于钱塘(今浙江杭州)。字美成,号清真居士。		八月,枢密使狄青罢,以韩琦为枢密使。
嘉祐八年(1063)癸卯	8			三月,仁宗崩,皇子赵曙立为英宗。太后垂帘听政。以富弼为枢密使。
宋英宗治平元年(1064)甲辰	9			五月,太后还政。
宋神宗熙宁元年(1068)戊申	13			四月,诏王安石越次入对。神宗有志图强,革除积弊。七月,以陈升之为知枢密院事。欧阳修转兵部尚书,改知青州,充京东东路安抚使。
熙宁二年(1069)己酉	14			二月,以富弼同平章事,王安石参知政事。设置三司条例司。议行新法。
熙宁四年(1071)辛亥	16	苏轼通判杭州,与清真叔父周邠交游。		二月,改贡举法,以经义策论取进士。六月,欧阳修致仕。
熙宁九年(1076)丙辰	21	四月辛亥(二十六日)父周原卒。		十月,王安石罢相,判江宁府。是年,苏轼在密州。宋哲宗生。
宋神宗元丰二年(1079)己未	24	入都为太学生。		增太学生千人为二千四百人。三月,苏轼自徐州移知湖州。

续 表

纪　年	年岁	生平经历	主要作品	相关大事
元丰三年（1080）庚申	25	为太学生。		王安石为荆国公。苏轼至黄州，寓居定惠院。
元丰四年（1081）辛酉	26	为太学生。叔父周邠知溧水（今属江苏南京）。		苏轼在黄州，始营雪堂于东坡，自号东坡居士。
元丰五年（1082）壬戌	27	为太学生。	诗《天赐白》并序	宋徽宗生。
元丰六年（1083）癸亥	28	自诸生一命为太学正。	赋《汴都赋》，文《足轩记》	曾巩、富弼卒。
元丰七年（1084）甲子	29	任太学正。	诗《薛侯马》并序	司马光上《资治通鉴》。李清照、吕本中生。
元年八年（1085）乙丑	30	任太学正。		三月，神宗病逝，子哲宗赵煦继位，太皇太后垂帘听政。罢保甲法、方田法、市易法、保马法。王珪卒。
宋哲宗元祐元年（1086）丙寅	31	任太学正。		二月，司马光为相。诏齐、庐、宿、常等州各置教授一员。四月，王安石卒。罢青苗法、免疫法。九月，以苏轼为翰林学士。司马光卒。
元祐二年（1087）丁卯	32	出都教授庐州（今安徽合肥），先返杭州，然后赴任。	诗《元夕》，词《友议帖》、《宴清都》	陈师道为亳州司户参军。
元祐三年（1088）戊辰	33	教授庐州。		苏轼以翰林学士知贡举。

续 表

纪　年	年岁	生平经历	主要作品	相关大事
元祐四年 (1089) 己巳	34	教授庐州，秋赴荆州(今湖北江陵)。	词《玉楼春》	苏轼以龙图阁学士知杭州。
元祐五年 (1090) 庚午	35	在荆州，任教授等职。	词《少年游》(南都石黛)、《少年游》(台上披襟)、《扫花游》、《虞美人》(廉纤小雨)、《渡江云》(晴岚低楚)	苏轼在杭州筑苏堤。陈与义生。
元祐六年 (1091) 辛未	36	在荆州。		苏轼知颍州。张元幹生。
元祐七年 (1092) 壬申	37	在荆州。	《风流子》(枫林凋晚叶)、《玉楼春》(大堤花艳)	
元祐八年 (1093) 癸酉	38	二月知溧水(今属江苏南京)。	诗《仙杏山》、《过羊角哀左伯桃墓》、《楚平王庙》、《竹城》、《无题》、《芝术歌》并序、《宿灵山观》、《投子山》、《凤凰台》、《越台曲》，词《满庭芳》(夏日溧水)、《隔浦莲》、《鹤冲天》二首、《风流子》(新绿小池塘)、《丑奴儿》(肌肤绰约)、《玉烛新》、《菩萨蛮》(银河宛转)、《三部乐》、《花犯》、《品令》、《西河》	高太后病逝，哲宗亲政，复新法，逐旧党。
宋哲宗 绍圣元年 (1094) 甲戌	39	在溧水任。		贬元祐旧臣，夺司马光、吕公著赠谥。
绍圣二年 (1095) 乙亥	40	还京命下，将去溧水。		元祐臣僚永不叙复。苏轼在惠州。沈括卒。

续 表

纪　年	年岁	生平经历	主要作品	相关大事
绍圣三年(1096)丙子	41	二月秩满，离溧水。	文《插竹亭记》	
绍圣四年(1097)丁丑	42	还京为国子主簿。	诗《天启惠酥》四首，词《瑞龙吟》(章台路)、《应天长》	颁内外学制，禁锢元祐被贬诸人子弟。文彦博卒。
宋哲宗元符元年(1098)戊寅	43	六月十八日，召对崇政殿，重进《汴都赋》，除秘书省正字。		
元符三年(1100)庚辰	45	任秘书省正字。		哲宗崩，徽宗继位，向太后听政，元祐旧党渐次召还。苏轼遇赦，秦观卒于北归途中。
宋徽宗建中靖国元年(1101)辛巳	46	曾至睦州(今浙江建德)。	文《睦州建德县清理堂记》、《敕赐唐二高僧师号记》，词《一寸金》(州夹苍崖)	徽宗亲政。朝廷调和党争，兼用新旧。苏轼卒。
宋徽宗崇宁元年(1102)壬午	47	任校书郎。	诗《游定夫见过》	蔡京用事，兴元祐党案。陈师道卒。九月，籍元祐党人，刻石于端礼门。
崇宁二年(1103)癸未	48	任校书郎。		蔡京为尚书左仆射兼门下侍郎，禁元祐党人子孙与宗室通婚。
崇宁三年(1104)甲申	49	校书郎秩满，迁考功员外郎。		以王安石配享孔子庙。
崇宁四年(1105)乙酉	50			八月，置大晟府。黄庭坚卒。

续 表

纪 年	年岁	生平经历	主要作品	相关大事
崇宁五年（1106）丙戌	51	任考功员外郎。		
宋徽宗大观元年（1107）丁亥	52	迁卫尉宗正少卿，兼仪礼局检讨。		置仪礼局于尚书省。命详议检讨官具礼制本末，议定请旨。
大观二年（1108）戊子	53	卫尉宗正少卿，兼仪礼局检讨。	词《点绛唇》（辽鹤归来）	
大观三年（1109）己丑	54	卫尉宗正少卿，兼仪礼局检讨。		仪礼局成《吉礼》二百三十一卷，《祭服制度》十六卷。
大观四年（1110）庚寅	55	卫尉宗正少卿，兼仪礼局检讨。		
宋徽宗政和元年（1111）辛卯	56	迁卫尉卿。又以直龙图阁知河中府。帝留之，当在此年。		仪礼局《分秩五礼》成书四百七十卷。帝始微行。
政和二年（1112）壬辰	57	以奉直大夫直龙图阁知隆德府（今山西长治）。		
政和三年（1113）癸巳	58	知隆德府。		仪礼局成《五礼新仪》二百二十卷。罢局。
政和四年（1114）甲午	59	知隆德府。		以大晟乐颁天下。
政和五年（1115）乙未	60	徙知明州（今浙江宁波）。刘昺迁户部尚书，荐先生自代，不用。	词《解语花》（风消焰蜡）	正月，女真建金国。

续 表

纪　年	年岁	生平经历	主要作品	相关大事
政和六年（1116）丙申	61	入为秘书监，进徽猷阁待制，提举大晟府。		
政和七年（1117）丁酉	62		文《春帖子》	
政和八年（重和元年）（1118）戊戌	63	出知真定府，改顺昌府（今安徽阜阳）。	词《兰陵王》（柳阴直），赋《续秋兴赋》并序	刘昺获罪，长流琼州。
宣和二年（1120）庚子	65	徙知处州（今浙江丽水），旋罢官，提举南京（今河南商丘）鸿庆宫。是岁居睦州（今浙江建德），适方腊反，还杭州。又居扬州。	词《瑞鹤仙》（悄郊原带郭）	方腊反。罢大晟府。
宣和三年（1121）辛丑	66	正月，过天长，至南京，卒于鸿庆宫斋厅。		

（木　叶）

图书在版编目(CIP)数据

周邦彦词鉴赏辞典／上海辞书出版社文学鉴赏辞典编纂中心编. —上海：上海辞书出版社，2015.12(2023.2重印)
(中国文学名家名作鉴赏辞典系列)
ISBN 978-7-5326-4498-8

Ⅰ.①周… Ⅱ.①上… Ⅲ.①周邦彦(1056～1121)-宋词-诗歌欣赏-词典 Ⅳ.①I207.23-61

中国版本图书馆CIP数据核字(2015)第241088号

周邦彦词鉴赏辞典

上海辞书出版社文学鉴赏辞典编纂中心　编

责任编辑　刘小明
装帧设计　姜　明
技术编辑　顾　晴

出版发行　上海世纪出版集团
上海辞书出版社(www.cishu.com.cn)
地　　址　上海市闵行区号景路159弄B座(邮编201101)
印　　刷　上海新艺印刷有限公司
开　　本　890毫米×1240毫米　1/32
印　　张　5.75
字　　数　143 000
版　　次　2015年12月第1版　2023年2月第2次印刷
书　　号　ISBN 978-7-5326-4498-8/I·289
定　　价　88.00元